La lettre

Patrick Sabatier

La lettre

éditions du
ROCHER

Éditions du Rocher
28 rue Comte Félix Gastaldi – BP 521 – 98015 Monaco

www.editionsdurocher.fr

ISBN : 978-2-268-10776-9
EAN epub : 9782268107936

Pour toi, Lisa, qui m'a dit un jour : « Ta vie est un roman. » Le voilà. Grâce à toi, j'ai pu aller plus loin. Merci d'être là tous les matins.

À mes enfants Margaux et Thomas, à mes petits-enfants Brune, Jean, Lou, Anna, qui me rendent si heureux.

« La sincérité de la mémoire est plus importante que l'authenticité des faits... »

Marcel PAGNOL

Fils,

C'est bientôt la fin. Je n'ai plus de force, plus d'espoir, plus de larmes… Je suis vieux, si vieux à présent… La mort est partout qui rôde. Je n'ai pas peur, pas vraiment… Mais avant que je parte, tu dois savoir que je ne t'ai pas tout dit… Même que je t'ai menti. Beaucoup menti. Il faut que je rétablisse la vérité, ma vérité. Je n'ai plus grand-chose qui me retient dans cette vie. Enfin, si… il y a toujours cette idée qui me démange, non, qui me dévore, qui me ronge, oui, me ronge les sangs. Un désir de vengeance… de vengeance inassouvie…

…/…

1

Le petit monde de Brigitte

Entre Toulon et Ramatuelle, la route était longue et sinueuse, une métaphore assez juste de la vie et de la carrière de Paul Saran... Oui, une route longue et sinueuse, jonchée de roses, d'épines et de réussites. Par quels hasards ou pirouettes du destin, l'enfant qui se rêvait animateur de radio dans la petite cave d'un pavillon de banlieue parisienne s'était-il un jour retrouvé dans un hélicoptère pour questionner un Jean-Paul Belmondo sur le point de faire le *Guignolo* au-dessus de Venise ? Comment en était-il arrivé à goûter les pâtes *al dente* du gorille de Saint-Cloud, alias Lino Ventura, ou à chanter *a cappella* le répertoire de Charles Aznavour devant l'auteur de *La Bohème* en personne ? Comment ce jeune adolescent qui voulait obstinément enchanter les oreilles de milliers d'auditeurs s'était-il retrouvé quelques années plus tard sur les routes du Sud pour interviewer Johnny Hallyday, le prince du rock français, l'idole de tous ?

Autant de questions que Paul Saran n'avait jamais cessé de se poser tout au long de sa carrière.

Confortablement installé sur la banquette arrière d'une luxueuse voiture de location, l'homme de télévision étudiait ses notes, travaillait ses questions, remettait sur l'établi les certitudes que conférait parfois le succès. La crainte de l'outrance, pire de l'arrogance, le tenaillait souvent, lui qui essayait, du mieux qu'il pouvait, de suivre ce chemin secret, ce chemin de vie qu'avaient su emprunter ses parents avec une honnêteté sans faille et une élégance discrète. Il avait toujours su que rien ne lui serait vraiment donné, qu'il devrait aller chercher au fond de lui-même les ressources nécessaires pour atteindre ses rêves.

La passion, le goût des autres, l'envie de surprendre, de se surprendre et le constant désir de ne pas se contenter du succès l'avaient toujours poussé à prendre des risques. Il venait de prendre le dernier moins d'une heure avant, à l'aéroport de Toulon. Une idée, une intuition, une envie, pour ne pas dire une impulsion l'avait traversé… Deux petits coups de fil rapides et il changeait de plan. C'était comme ça qu'il menait sa barque… Un coup de godille et il virait de cap.

— Jérôme, j'ai envie de tester un truc un peu dingue, arrête-toi au premier bar, j'ai deux coups de fil à passer.

Une trentaine de minutes plus tard, Saran ressortait d'un café, s'arrêtait une minute pour signer deux ou trois autographes à quelques jeunes filles qui l'avaient reconnu et remontait dans la voiture.

— Jérôme, après les Marines de Cogolin, tu continueras tout droit.

— Pas très direct pour rejoindre Ramatuelle !

— Mais tellement plus efficace pour gagner Saint-Tropez.

— Ah ! Une envie d'artichaut à la barigoule ?

Paul se mit à rire.

— Mon vieux, il y a plus épicé que ça dans le coin.

Jérôme était l'assistant privilégié de Paul Saran, le collaborateur du premier cercle. Agenda, régie, voiture, il gérait tout, même l'ingérable et Saran avait le chic pour mener ses équipes au bout du bout.

Jérôme s'engagea vers Bertaud en direction de Saint-Tropez

— Johnny ne t'attendait pas en fin de matinée ?

— Si... Mais figure-toi que j'ai l'autorisation du boss... Quand je lui ai expliqué mon idée, il m'a tout de suite dit « banco » ! Star... attention danger. Il ne s'agit pas de faire d'impair ! J'ai la bénédiction du boss, c'est l'essentiel !

— Le bon Samaritain... J'en salive déjà...

La voiture continua son périple en longeant la baie de Saint-Tropez. Décor de rêve. Elle traversa La Bouillabaisse, Le Pilon et s'engagea dans la ville mythique, celle qui avait vu défiler les plus grandes stars, de Maupassant à Hallyday, en passant par Matisse ou Sagan ; le fameux quai Jean-Jaurès sur lequel Louis De Funès et ses gendarmes avaient défilé sur la musique de Raymond Lefèvre. Saran gardait d'ailleurs un souvenir ému de sa rencontre avec le Fufu national, le génie comique français, celui que le monde entier nous avait envié comme un nouveau Charlie Chaplin renaissant de ses cendres. C'était un être délicat, délicieux, doté d'une timidité à toute épreuve... un homme aux antipodes des personnages qu'il avait incarnés.

— On fait quoi, Paul ?

— Direction plage des Canoubiers, chemin de l'Estagnet et la batterie Saint-Pierre, répondit Saran.

Jérôme se retourna, l'œil brillant.

— Ne me dis pas que...

— Regarde la route... si tu veux connaître *La Vérité*[1] !

Après quelques circonvolutions à travers les champs de vignes la voiture s'arrêta devant un portail bleu cerné de bambous, une foison de bambous aux ambitions sauvages.

Saran mit un pied dehors et fut aussitôt écrasé par une chaleur de plomb qui lui fit regretter son costume bleu nuit. Il s'apprêtait à sonner quand son regard tomba sur une plaque en faïence fixée sur le côté du portail... Une plaque d'accueil qui donnait la mesure de l'endroit : Toutou's bar ! Le bar des toutous ! La cloche tinta et un petit cri y répondit très vite, suivi d'aboiements divers, de grognements, de piaillements. Le portail grinça et s'ouvrit sur la silhouette d'une bohémienne échevelée. Jérôme enclencha la première et entra doucement pour garer la voiture à l'ombre de grands arbres.

Tandis que la « gitane » refermait le portail, Paul Saran s'avança vers la petite maison blanche qui avait, en son temps, fait les nuits chaudes d'un Saint-Trop' exalté, bouillonnant et artiste ! Pourtant rompu aux arcanes des rencontres exceptionnelles, le cœur de l'animateur s'emporta un peu, une légère chamade, presque une tocade. Son pas se faisait lourd en avançant vers la tonnelle ombragée comme s'il voulait étirer l'instant magique, celui où la diva des lieux jaillirait de la maison, la sirène du septième art, l'ange blond qui avait froissé tous les draps adolescents d'une jeunesse amoureuse, celle qui avait inspiré de nouvelles modes, de nouveaux comportements, l'égérie d'une émancipation féminine... B.B., la prodigieuse ! Tout à son exaltation, Saran ne vit pas débouler le canard qui le fit trébucher, pas plus

1. Film d'Henri-Georges Clouzot sorti en 1960 avec Brigitte Bardot et Sami Frey.

qu'il n'appréhenda l'arrivée galopante d'une ponette énervée poursuivie par une volée de pigeons s'abattant en rafale.

— Soyez les bienvenus à la Madrague !

Cette voix ! Elle ne venait pas de la maison…

Le présentateur se retourna.

La bohémienne, chapeau et lunettes de soleil à la main, offrait son plus beau sourire à ses hôtes, celui que Dieu lui avait créé en 1956.

Brigitte Bardot ouvrait elle-même le portail à ses invités !

« Libre et inattendue » furent les premiers mots que cette gloire nationale, inscrite au patrimoine de la culture française, inspira à Paul Saran. Le vent qui soufflait dans ce jardin luxuriant et sauvage n'était pas seulement celui du sud mais aussi celui de la liberté. Une liberté totale ! Comment se comportait-on devant une telle icône aux pieds nus ? Comment garder son naturel face à la spontanéité incarnée ? Être séduit n'était pas difficile, mais séduire était plus délicat, voire inconvenant. L'animateur la remercia chaleureusement de le recevoir de façon si impromptue chez elle.

— Ce n'est pas chez moi, vous savez, c'est chez eux ! fit-elle d'un geste élégant, en désignant la basse-cour qui piaillait alentour, ici je ne suis que l'usufruitière.

Les présentations lapidaires faites, Saran et Jérôme furent conviés à boire une orangeade, une simple orangeade car la Madrague n'était pas le *Boulevard du Rhum*[2].

Bien que l'atmosphère fût détendue et ensoleillée, Saran n'oubliait pas qu'il était là pour le travail et il devait convaincre Brigitte qu'elle serait une merveilleuse invitée pour son prochain show. Il lui en fit la description, lui en

---

2. Film de Robert Enrico sorti en 1971 avec Brigitte Bardot et Lino Ventura.

brossa les avantages, déclina la spécificité du concept… Elle ne pouvait pas refuser. Mais Saran avait beau essayer de lui démontrer l'intérêt de son émission, il se rendait bien compte que, pour la star, tout ça, c'était du passé, un passé révolu dont elle ne voulait plus vraiment entendre parler. Saran était conscient qu'il était peut-être le dixième à venir la solliciter et qu'il y en aurait d'autres derrière lui. Il avait plus besoin d'elle que le contraire. Elle proposa plutôt de casser une graine, s'il en restait après avoir nourri ses oiseaux. Les invités consentirent et une salade fut rapidement composée sur le pouce… C'était à la bonne franquette. Jérôme ne parlait pas, se contentant, entre deux coups de fourchette, de regarder son hôtesse avec les yeux d'un lapin dans les phares d'une Rolls. Le temps passa, s'étira, s'éternisa, sans que les pions de Saran avancent vraiment sur l'échiquier de sa stratégie. Brigitte regardait la mer, elle soupirait, puis elle planta ses beaux yeux noirs dans ceux du présentateur :

— Vous les trouvez jolies, mes chèvres ?

— Heu… Oui, très, percuta Saran, un peu surpris par cette réplique de cinéma.

— Et mes chiens, vous les aimez aussi ?

— Oui, énormément.

— Vous préférez mes chiens ou mes poules ?

— Je ne sais pas… c'est pareil.

— Et mon rivage ? mon ciel ? ma mer ?

— J'aime tout.

Brigitte sourit et se leva, abandonnant les deux hommes. La dernière phrase de Saran resta en suspens, comme un point d'orgue. Brigitte se rendit sur un petit ponton de bois qui courait vers l'eau claire et laissa tomber sa robe sur un maillot de bain noir qui mettait en valeur un bronzage doré, tandis que les deux hommes admiraient la beauté de l'événement... La légende était là, telle qu'en elle-même. Une silhouette divine, l'excellence des formes, la beauté incarnée, le corps historique... Ève dans toute sa splendeur. Elle plongea, éclaboussant les deux spectateurs de toute sa beauté naturelle. À moins qu'elle ne jouât la comédie, s'amusant du dénuement de l'homme face la nudité de la femme.

Elle revint quelques minutes plus tard, auréolée de soleil, les gouttes d'eau perlant sur sa peau de naïade, toujours souriante, peut-être un peu fière de son effet.

— Paul ? Je vous fais visiter la maison ?

Quel genre de réponse pouvait-on faire à une telle question posée par une Brigitte Bardot suintante de féminité ?

— Avec plaisir.

On abandonna Jérôme, et l'animateur pénétra dans la petite maison mythique dans le sillage marin de son hôte encore humide. Saran fut instantanément touché par la simplicité des lieux. Il y régnait une atmosphère de sérénité, de douceur, où l'excès n'avait pas sa place. Il flottait une odeur animale, pas désagréable, comme un parfum naturel dont B.B. serait l'ambassadrice.

— Vous aimez, Paul ?

— C'est rustique.

— Je déteste le luxe ! J'aime les maisons confortables, mais sans luxe, comme moi. Vous ne trouvez pas que les maisons ressemblent à leur propriétaire ?

Saran en convint. L'intérieur était cosy, boisé et fleuri, hétéroclite, sans éclaboussures, sans effet chic, une maison simple de bord de mer, une maison qui aimait les animaux, loin des boursoufflures de la richesse.

— C'est chaud et coquet, constata l'animateur.

— Je déteste les grandes maisons froides, j'ai toujours peur d'attraper un rhume.

— Et pour notre interview ? tenta Saran, toujours professionnel.

— Venez plutôt voir la chambre.

Quelle douce proposition !

Paul Saran repensa un instant à l'enfant qu'il était quand son père le déposait rue Bayard devant l'écran magique... Cet écran qui montrait l'animateur de la radio RTL, Maurice Favières. Il le regardait et l'écoutait pendant des heures, ce héros des ondes, pour essayer de comprendre les subtilités du métier. Il rêvait, s'imaginant à sa place. Mais à cet homme des premiers émois professionnels, ce Maurice Favières en question, Brigitte Bardot lui aurait-elle aussi demandé de monter dans sa chambre ? Sans doute pas. Magie des dates, des événements et des rencontres.

Ils grimpèrent d'un étage, suivis par les chats et les chiens qui couraient partout dans une harmonie bruyante, marquant leur territoire sans complexe au cœur de cette nouvelle arche de Noé.

Bardot poussa la porte de sa chambre... Elle était ocre avec des poutres apparentes au plafond et un décor de maison de poupée. Au centre, la tête enfoncée dans une alcôve, un lit... Non ! Pas un lit, un aérodrome, une piste de décollage ! Une poésie des sens ! Une invitation au voyage... au plus beau des voyages ! Comment ne pas imaginer, même avec toute la délicatesse nécessaire, que ce lieu, si banal au commun des mortels, n'avait pas été le théâtre des libations les plus excessives ? des aventures les plus romanesques ? des amours les plus clandestines ?

Le lit de Brigitte Bardot !

Paul Saran se sentit un instant comme un tourbillon de sensations diverses le parcourir et, dans un acte de démence caractérisée – comment l'interpréter autrement ? –, il se retourna et se laissa tomber sur le lit, les bras en croix. Il leva une tête satisfaite, élargit son sourire...

— Alors c'est là ?

Outrance, extravagance, trouble ! Qu'est-ce qu'il lui était donc arrivé ? Le vent de liberté s'était transformé en vent de folie ! L'endroit avait ses raisons que la raison ne connaissait pas, ne connaissait plus ! Emporté par son succès, enivré par la beauté, il avait lâché prise ! Abandon des valeurs...

Oui, c'était là ! Mais là, quoi ? Mais là, qui ? Mais là, quand ? Surtout ne pas chercher d'images aux mots pour rester dans la décence. La première surprise passée, Bardot éclata d'un rire cristallin.

— Alors, cette interview ? demanda-t-elle.

La force de la sincérité et du naturel...

Saran avait gagné son billet de première classe pour un voyage professionnel avec B.B.

*

* *

2

Sous le soleil de Johnny

Ramatuelle, le lendemain.

Le lendemain, les deux hommes avaient repris la route vers Ramatuelle pour escalader la montagne Hallyday.

Deuxième étape, deuxième portail. Celui-ci était plus large, plus cossu, presque bourgeois, voire hollywoodien. Nous n'étions plus là dans la discrétion de la *Bardot attitude*, mais dans l'excès du rock 'n' roll, dans ce qu'il avait de plus ostentatoire. Sur les deux battants du portail, les silhouettes de deux mustangs dressés sur leurs pattes arrière se faisaient face. Il y avait un côté hacienda, comme si un petit bout du Nouveau-Mexique avait été importé sur la Côte d'Azur.

La Lorada, acronyme formé par les deux prénoms de ses enfants, Laura et David, était une demeure aux dimensions pharaoniques et le rêve de gosse de Johnny.

Un coup de sonnette.

Deux mastards hauts comme des murs d'enceinte, bardés de cuir et de chaînes apparurent, sorte de motards sans moto. Saran se présenta, joua du sourire comme d'autres du couteau… Il était attendu par le « taulier ». Les deux colosses restèrent mutiques et firent signe de les suivre.

Saran pénétra dans le saint des saints… Une villa de mille mètres carrés bâtie sur les flancs d'une roche que les architectes avaient dû faire sauter à la dynamite. Un projet fou à la mesure du maître des lieux, le rocker adulé que la France entière admirait ou adorait détester depuis plus de trente ans.

On lui fit traverser un immense patio où cactus et cyprès se côtoyaient en une fantaisie végétale incongrue… Saran s'arrêta un instant devant une large fresque peinte qui représentait des Indiens chassant des troupeaux de bisons… La passion de Johnny pour l'Amérique était partout. Mais les éclaireurs ne traînaient pas… Ils avaient déjà disparu dans la maison. Saran accéléra son pas qui l'entraîna dans un véritable labyrinthe. Les deux guides avaient lâché l'affaire. Il erra quelques minutes dans des couloirs, des pièces, d'autres couloirs que léchaient des baies vitrées donnant sur d'autres patios où fleurissaient palmiers et bougainvilliers.

— Ch'uis là !

La voix basse et caverneuse de Johnny… La boussole attendue pour ne pas se perdre dans ce dédale de pièces vides.

Saran parvint enfin dans un immense salon lumineux au centre duquel trônait un piano quart de queue blanc. Un regard vers l'extérieur l'emporta vers la mer et une Provence luxuriante. Il régnait une douce fraîcheur apportée par les ventilateurs qui tournaient au plafond.

Pas un bruit, pas une note de musique.

Johnny était là, seul, tristement seul, le corps avachi sur son canapé, le regard un peu vide et un verre de whisky bien plein.

— Salut, la télé !

Sourire.

Commença alors pour Saran le tango du paradisier, cet oiseau papou qui danse pour séduire son auditoire. Pour l'animateur, le défi était de taille car la dernière tentative de collaboration entre les deux hommes, quelques mois plus tôt, s'était soldée par un échec cuisant pour la production de Saran. Il devait coûte que coûte rattraper le coup.

Le présentateur-vedette déploya tout l'arsenal de son talent devant un Johnny amorphe, écrasé par l'ennui et l'alcool. Où était donc passé le monstre sacré qui faisait vibrer les foules dans des concerts-marathon, l'homme à la voix d'acier, le motard au bandana qui prenait la tête d'une horde de *hell's angels* sur les routes américaines, le noceur impénitent des nuits chaudes de Saint-Tropez ou d'ailleurs ? Saran sortit son treuil à optimisme pour soulever l'intérêt de la vedette… « C'est important, Johnny ! » C'était pour l'émission *En haut de l'affiche*, où l'invité devait mettre en avant un chanteur, un écrivain ou un sportif qu'il appréciait particulièrement. Bonne pâte, Johnny acquiesçait… Ouais, il était d'accord, il jouerait le jeu, ferait ce qu'on lui demande.

Un sursaut.

— Et Fréjus ? Tu vas filmer Fréjus ?

— Quoi, Fréjus ?

— Ben, tu sais, demain je chante à Fréjus…

Bien sûr qu'il savait, bien sûr qu'il irait, bien sûr qu'il filmerait… Saran savait que n'importe quel événement avec Johnny ferait de l'audience et il savait s'accommoder des exigences des vedettes, fussent-elles fantasques. Il était à leur service, pas le contraire !

Johnny posa son verre sur la table basse et lâcha un sourire plus grand que celui de Saran...

— Et si on y allait maintenant ?

— Où ça ?

— À Fréjus, vieux ! T'as jamais fumé dans ma cigarette ?

« Fumé dans sa cigarette ? » Saran regarda le rocker par en dessous... Pas sûr de bien comprendre. Il devait y avoir quelque chose dans son whisky, au Johnny, il avait lâché le réel, quitté le groupe, déserté la rive du bon sens !

Il s'était levé, regonflé par son idée. Il s'enfourna deux doigts dans la bouche et fit retentir un coup de sifflet à faire partir un train. Aussitôt, comme par enchantement, une dizaine de types en cuir à clous déboulèrent dans la pièce. Il en sortait de partout comme par enchantement. La maison silencieuse comme un mausolée dix secondes avant s'était subitement transformée en une ruche fébrile où les abeilles s'agitaient autour de la reine mère.

Johnny regardait tout ça d'un air amusé, parfaitement conscient du côté baroque de la situation.

Soudain, sans un mot d'explication, il disparut du radar de Saran pendant une dizaine de minutes. Un temps qui parut à l'animateur une éternité. Encerclé par cette horde musculeuse testostéronée, gonflée à la fonte et à la bière, il prit conscience que sa tenue estivale un peu légère n'était pas vraiment dans l'ambiance. La notion palpable du ridicule lui apparut sauvagement dans les regards moqueurs de tous ces motards sur le qui-vive.

Les plaisanteries grivoises et les rires gras stoppèrent d'un coup. Johnny venait de réapparaître comme le messie, totalement transformé. La silhouette amorphe qui, quelques minutes auparavant, s'enivrait aux alcools forts avait retrouvé tout son panache... La star avait fait sa mue. Pantalon et bottes de cuir, chaîne virile en décoration pectorale et boléro ouvert sur un torse travaillé aux haltères. Le rocker, qui aimait ménager ses effets, sortit une petite bombe d'huile de sa poche arrière et s'aspergea les bras qu'il frotta vigoureusement. Johnny aimait briller. Johnny était joueur et à ce jeu des apparences, il était un des meilleurs. Le tigre allait pouvoir rugir. Il vint se planter devant Saran, l'observa des pieds à la tête, s'arrêta un instant sur la finesse de ses mocassins et dodelina du chef, le sourire un peu taquin, puis lui tapota la poitrine de l'index.

— Toi, Saran, je te prends avec moi... C'est plus sûr !

Trois minutes plus tard, les moteurs ronflaient et les gaz s'impatientaient sur le parking. Puis, Johnny en tête avec un Paul Saran en croupe, l'escouade de motards passa le portail de l'hacienda pour prendre la route de Saint-Tropez.

Dans sa voiture, Jérôme, ne cherchant pas à comprendre l'incongru de la situation, suivait le cortège pétaradeur. Au cœur de cette chevauchée moderne, pleine de bruit, de bière, de fureur et de cuir noir, explosait un petit point de couleur, une note chatoyante, baroque et inattendue : la chemise bleu ciel de Paul Saran.

Ce dernier était accroché à Johnny comme le naufragé à sa bouée. Il ne lâcherait pas prise... Il avait une émission à faire, il la ferait et cette expédition impromptue ne l'écarterait pas de sa mission.

— Ça suit derrière ? tonitrua la voix de Johnny, qu'est-ce que tu penses de ma charrette ? La Harley, c'est quelque chose, non ?

En parlant de sa « charrette », Saran ne put s'empêcher d'y juxtaposer l'image de celle de son père... Cette charrette qu'il poussait à l'entrée de la rue Daguerre dans le Paris commerçant des années cinquante, sa charrette pleine de ces fruits et légumes qu'il avait âprement négociés aux halles de Châtelet, pour les vendre à la criée. Un autre temps, une autre ambiance... Le fils, lui, il était accroché aux flancs de Johnny Hallyday, accroché aux flancs de la star la plus impressionnante de la chanson française pour lui arracher des confessions.

Ô tempora ô mores!

L'équipée sauvage arriva bientôt en vue de Saint-Tropez. Ils entrèrent dans la ville et gagnèrent le port en toute impunité sous le regard d'abord inquiet des riverains, puis les sourires admiratifs des badauds dont la masse se mit à gonfler autour du port. Une sortie de Johnny était toujours un événement dont les Tropéziens ne se lassaient pas.

Comme dans un ballet bien orchestré, les motos se garèrent en épi face à la plaisance. Saran posa un pied à terre, essayant d'observer tout cela avec le recul nécessaire. Johnny, toujours tactile, venait de tomber dans les bras de son skipper qui l'attendait avec les clefs du bateau. Pas n'importe quel bateau ! Le *Wild Eagle*, un offshore cigarette jaune poussin, de ces hors-bord à la silhouette élancée à fendre lames, bimoteur et double console... De l'esquif de luxe. Une bonne partie de l'équipe embarqua, se serra les « cuirs », tandis que Johnny proposait à Saran la place privilégiée du co-pilote.

Quelques minutes plus tard, le bateau laissait sur sa droite le quai d'Estienne-d'Orves et pointait le nez vers Sainte-Maxime. Tout sourire, Johnny appuya sur la manette des gaz et la Cigarette s'envola sur les vagues... Et comme il avait un certain sens de l'humour, il se mit à chanter *J'ai oublié de vivre.*

À ses côtés, cheveux au vent, accroché au tableau de bord, Paul Saran essayait d'analyser la situation sereinement : il était entouré d'une bande de *hell's angels*, rejointe au dernier moment par deux ou trois top models aux rires éperdus, aux strings transparents et aux ambitions claires, confortablement assis dans un fauteuil en cuir jaune d'un bateau de luxe… Il faisait beau, chaud, la Méditerranée était calme, accueillante, Johnny Hallyday chantait un tube à ses côtés, en lui renvoyant son sourire apaisant et charmeur… N'y avait-il pas là une forme d'imposture ? d'illégitimité ? Qui Saran avait-il floué pour se retrouver ici ? *De qui* donc avait-il pris la place ? Lui, l'enfant qui, en guise de vacances, usait ses fonds de culottes courtes sur les bancs du Jardin des plantes, l'enfant qui admirait un père toujours bien rasé qui se levait à trois heures du matin pour faire vivre sa petite famille ? Qui était-il, lui, Saran, au cœur de ces gloires, de ces légendes, de Bardot à Hallyday, en passant par Bebel, Lino ou Aznavour ? Qui était-il vraiment ? Si Johnny, à cet instant précis, lui avait demandé le fond de sa pensée, la seule réponse qui lui serait venue à l'esprit aurait été : « Mais qu'est-ce que je fous là, Johnny ? Qu'est-ce que je fous là ? »

*

* *

3

Le silence de la mère

Bagneux – 1995.

La maison était calme.

Une chanson de Charles Trenet flottait dans l'air... *Y'a d'la joie,* peut-être... Oui, il y avait de la joie dans l'air. Une joie simple et tranquille que conférait une retraite méritée après une vie de labeur, traversée d'écueils. Le grand miroir du salon renvoyait l'image d'une femme aux cheveux blancs et bouclés ; le sourire naturel qu'elle s'octroya, un peu mutine, éclaira son visage que la patine du temps avait ridé.

Elle venait de raccrocher le téléphone et elle était encore un peu émue, une émotion agréable où se mêlaient la fierté et la joie.

— C'était qui ?

Elle se retourna vers son mari qui venait d'entrer dans la pièce, le regard un peu sombre.

— La télévision.

— Paul ?

— Non, la responsable de son équipe, répondit-elle d'un ton enjoué, ils veulent lui faire une surprise.

— Quel genre de surprise ?

— Tu sais bien, comme dans son émission où ils vont chercher les vieux souvenirs des vedettes sur les bancs de l'école… Mais cette fois, ils veulent que la vedette, ce soit lui…

— Ils veulent le piéger ?

— Pas le piéger, lui rendre hommage… Ne sois pas si bougon pour une fois. Il le mérite, notre fils, non ?

Le visage du père s'assombrit un peu plus encore.

— Ce n'est pas possible.

Son épouse vint lui prendre la main, tendrement.

— Écoute, Adrien, c'est plutôt une bonne nouvelle, non ? Après toutes ces années à interviewer des personnalités, c'est à lui qu'on va rendre hommage… C'est une belle idée et je suis si fière de mon fils.

Le mari retira sa main.

— Tu ne comprends donc pas ?

— Comprendre quoi ?

— Ils vont fouiller dans le passé…

— Bien sûr, mais…

— Donc dans le nôtre !

Elle porta une main à ses lèvres comme pour se faire taire, empêcher un petit cri.

— … Et ce n'est pas possible, tu saisis !

Elle alla s'asseoir sur le canapé, presque en visiteuse, les mains jointes sur les genoux, le dos rond, recroquevillée, écrasée, comme si tout le poids de sa vie lui était retombé sur les épaules d'un seul coup.

— Ils… mais ils ne peuvent pas trouver…

— Allons, Emma, c'est la télé ! Ils ont des moyens considérables... Bien sûr qu'ils trouveront... Ils trouveront tout... même ce qu'on ne sait pas, même ce qu'on ne veut plus savoir !

— Ce serait la catastrophe !

— Évidemment.

— Non, je ne veux pas que Paul l'apprenne de cette façon, murmura-t-elle.

— Ni de cette façon, ni d'aucune autre... Nous n'avons pas gardé notre secret pendant cinquante ans pour qu'il soit dévoilé aux yeux du monde.

L'épouse leva la tête puis les yeux, le regard presque implorant.

— Et si je le disais à Paul ?

Adrien s'approcha de sa femme, l'air plus dur encore.

— Je ne veux plus entendre parler de cette histoire, tu comprends ? Plus jamais ! C'est un passé enfoui, révolu !

Elle baissa la tête, vaincue.

De la cuisine, la radio diffusait toujours de la musique, mais Francis Cabrel avait succédé à Charles Trenet... La joie avait fait place à la tension... On entendait les premières notes de *La Corrida*...

Le taureau venait d'entrer dans l'arène.

*

* *

Quelle vie pouvait donc s'offrir à moi ? Avais-je eu un bon jeu distribué au départ ? Non. Pas les bonnes cartes. Alors j'ai fait ce que j'ai pu avec ce que j'avais. Quitte à tricher. Mais on ne déjoue pas la fatalité, au mieux on la contourne.

Fichu accident !

Sans lui, les choses auraient été différentes…

Ma rage ne m'a jamais vraiment quitté. Pas un jour, pas une nuit sans ce feu dévorant que je croyais étouffer. En vain. Si j'avais su ! Je me suis damné moi-même pensant damner les autres, et infligé une peine plus lourde que celle que je voulais provoquer…

Je ne sais pas. Je ne sais plus.

Cette soif de vengeance s'est accrochée à moi comme une maladie incurable. Cette honte, tue pendant si longtemps, a aussi été le deuil de moi-même.

…/…

4

Naissance romaine

Rome – 1924, une nuit glacée de fin novembre.

Un cri perça le silence froid d'une nuit de novembre.

Vittorio se réveilla en sursaut et alluma la lumière. À ses côtés, sa jeune femme, Carmela, respirait comme un soufflet de forge, en dégageant une petite buée de sa bouche car la chambre n'était guère chauffée. Elle avait repoussé les draps et tenait son ventre bien rebondi à deux mains ; entre ses cuisses une tache grandissait sur l'alèse.

— Vittorio, c'est les eaux… Je perds les eaux.

L'époux, un grand gaillard un peu sec, se leva en panique, tenta d'enfiler son pantalon, trébucha, le juron aux lèvres. Malgré la douleur et l'inquiétude, Carmela amorça un petit sourire.

— Ne me fais pas rigoler, Vittorio, c'est douloureux. Ma robe…

Il passa une chemise froissée sur son tricot de peau qui laissait déborder de sa poitrine une pilosité abondante ; il lissa les rares cheveux qu'il possédait encore au-dessus des oreilles et se rendit derrière un rideau de tissu qui masquait une modeste penderie ; il saisit une robe en gros drap gris et vint aider son épouse à s'habiller. Elle grimaça.

Vittorio était inquiet. Il n'avait pas prévu que les choses se passeraient dans une telle précipitation ni surtout en pleine nuit. L'hôpital se trouvait à plus de trois kilomètres et Carmela ne pourrait jamais faire le chemin à pied... Il le savait, il n'y avait qu'une seule issue... une issue à laquelle il ne se résolvait pas. Il serra la mâchoire. Sa femme le regarda tendrement et prit ses joues bleuies entre ses mains.

— On n'a pas le choix, Vittorio... Tu dois le faire.

Bien sûr qu'il devait le faire, il le savait...

Carmela s'était assise sur le lit. Machinalement, Vittorio, protecteur, lui posa un châle noir sur les épaules, la regarda en hochant la tête et alla ouvrir le verrou de la porte d'entrée.

*

À l'étage en dessous, les rêves de Giuseppe Rizzo étaient peuplés de goules bolcheviques qui l'assaillaient de toute part. Il se voyait, la dague à la main, dans son bel uniforme de bersaglier, la tête plumée comme un coq des Pouilles, perforant et tranchant toute cette lie communiste qui coulait sur l'Italie comme un mauvais vin de Bologne.

Il se réveilla en sursaut, les tripes bruyantes, agacées par les excès de la veille. Digestion difficile. Giuseppe Rizzo avait mangé comme quatre... Le repas des *arditi* avait été riche en agapes de toutes sortes pour contenir les colères de ces anciens combattants de la Grande Guerre. Une colère inépuisable qui ouvrait la voie à des revendications de plus en plus radicales.

Les *arditi*, soldats éclaireurs formés pour agir derrière les lignes ennemies et déstabiliser l'adversaire, étaient non seulement dotés d'un physique puissant et d'un tempérament solide, mais aussi rompus aux arcanes du combat au corps à corps. Leurs faits d'armes avaient grandement contribué à distiller la peur et la désorganisation dans les rangs autrichiens. En 1915, quand l'Italie, ancienne alliée de la Triple Alliance (Allemagne, Autriche-Hongrie, Italie) sort de sa neutralité pour rejoindre la Triple Entente (France, Angleterre, Russie impériale), elle croit aux sirènes amies qui lui promettent l'élargissement de ses territoires en cas de victoire et une partie substantielle de la dette de guerre qui sera infligée aux perdants. Mais au bal des hypocrites, les naïfs font toujours des faux pas et le traité de Versailles en 1919 ne répond pas du tout aux attentes italiennes. Ces *arditi* qui formeront bientôt les « Chemises noires » de Mussolini se pensent les grands cocus de cette guerre ignoble ! C'est une victoire « mutilée » dans laquelle une partie des terres irrédentes[1] leur échappe, une victoire « mutilée » qui rend les nationalistes fous de rage, une victoire « mutilée » qui va rendre plus sauvages encore les oppositions entre nationalistes et communistes.

Giuseppe Rizzo et ses camarades, qui s'étaient battus de toute leur ardeur patriotique, étaient les dupes d'une mauvaise farce et, s'ils suivaient d'abord avec force et conviction l'appel du poète nationaliste Gabriele d'Annunzio à Fiume,

1. L'irrédentisme italien réclamait l'intégration de tous les territoires étrangers peuplés par des Italiens comme Malte, la Corse, la Dalmatie, le canton des Grisons ou encore le comté de Nice.

ils se laisseraient finalement convaincre par les harangues exaltées d'un Benito Mussolini en pleine progression.

Aux vexations politiques s'ajoutait une situation économique et sociale déplorable… Le pays s'enfonçait dans une misère plus sombre encore que ne l'étaient les chemises du *Duce*. Mal commandé pendant la guerre, mal défendu pendant la paix, le peuple se sentait abandonné. Le déficit de l'État et le retard industriel plongeaient les ouvriers dans le chômage. De plus en plus, à l'appel de Moscou, les communistes de tous les pays se soulevaient et tentaient de faire pression sur les outils de production, en occupant les usines ou en s'emparant des grandes exploitations agricoles. Les Rouges étaient les bêtes noires des industriels du Nord ou des propriétaires fonciers du Sud. Quelle autre solution pour ces grands possédants que de faire appel aux faisceaux italiens de combat pour faire barrage à la menace bolchevique ?

Giuseppe Rizzo était de ceux-là !

Cet homme jeune, encore célibataire, était en colère. Une colère qui trouvait un exutoire dans les attaques des syndicats et des ouvriers en grève. « Noircir du Rouge et ne pas en rougir », comme il se plaisait à dire dans les réunions des « Chemises noires ». Cette devise terrible accompagnait ses opérations « coups de poing », légitimant toutes les violences.

La nuit était silencieuse et froide. Il se leva et se rendit vers le petit lavabo dissimulé derrière un rideau sans forme. Il avait soif, une pépie du diable. La cochonnaille des Abruzzes était vraiment trop salée. Il était en train de se rafraîchir le visage quand il entendit un léger tambourinement à la porte. Il tendit l'oreille. Avait-il rêvé ? Non… un nouveau grattement. Il regarda sa montre… 3 h 10 !

Il alla ouvrir.

Dans l'ombre du palier se tenait un homme, le visage à moitié mangé par l'obscurité. Rizzo reconnut quand même la silhouette longiligne de son voisin du dessus, Vittorio Biaggio, le métallo... Mais avant d'être métallo, c'était surtout un communiste... Un de ces Rouges que Rizzo se faisait un plaisir de rosser dès qu'il en avait l'occasion.

— Qu'est-ce que tu fiches ici à c't'heure ?

— C'est... c'est ma femme.

— Quoi, ta femme ? Elle a besoin d'un homme ? Un vrai ? Elle veut du réconfort ?

Les poings de Biaggio se serrèrent, mais il garda son sang-froid... Il n'avait pas le choix.

— Elle vient de perdre les eaux... Elle va accoucher.

— Et alors ? Qu'est-ce que tu veux que j'y fasse ? Tu me prends pour une sage-femme ? Les cocos à Moscou !

— Tu es le seul à avoir une voiture dans le quartier... Emmène-nous à l'hôpital... Je te paierai. Dans son état, elle ne peut pas accoucher à la maison, tu comprends ?

Rizzo se mit à rire... Plutôt un ricanement grinçant.

— Ce n'est pas ma voiture, c'est celle du PNF[2] et elle n'est pas faite pour transporter les *mammas* des futurs dictateurs du prolétariat !

— Une femme enceinte n'a pas de couleur politique, Rizzo !

— Si ! Elle peut accoucher d'un petit bolchevique qui fauchera plus tard les peuples à coups de faucille !

— Si on ne va pas à l'hôpital, elle va mourir !

— Je te dis que ce n'est pas mon problème !

2. Parti national fasciste.

Giuseppe Rizzo fit le geste de refermer la porte, mais le pied de Biaggio s'interposa. Le métallo repoussa le fasciste dans la pièce, l'attrapa au col et sortit un couteau à cran d'arrêt de sa poche. Il lui colla la lame sous le nez. Rizzo n'était pas un lâche, mais il trembla car il sentait la détermination de son agresseur. Au fond de lui, il savait que Biaggio avait raison, que de ne pas porter secours à une femme enceinte n'était pas acceptable. Malgré le froid, il sentit la sueur qui perlait sur son front… Il réfléchit… Finalement, cette menace brutale le sortait de l'embarras. Il allait devoir accepter de l'aider sous la contrainte sans perdre la face. Il se mit à sourire, bravache.

— Tu sais ce qui t'arrivera si tu me tues ?

Biaggio ne le savait que trop bien… La milice fasciste n'hésiterait pas un instant à lancer des représailles assassines.

— Si ma femme meurt, tu mourras, Giuseppe Rizzo, et tes petits copains pourront venir se venger… Plus rien n'aura d'importance.

Pendant plusieurs secondes, les deux hommes s'affrontèrent en silence dans un duel de regards, puis Vittorio recula, la tête basse, rentra sa lame et ravala ses larmes. Lui, l'ouvrier tranquille, plutôt taiseux, sans histoires, venait de perdre pied. Résigné, il se retourna vers la porte restée ouverte et s'apprêta à sortir, vaincu par ce qui forgeait sa nature profonde, la discrétion, la timidité, le besoin d'être transparent. Chez les Biaggio, on n'aimait pas faire de vagues… Vittorio n'était pas du genre à monter sur une estrade pour haranguer les foules. Il voulait vivre tranquille, travailler dignement pour nourrir une famille honnête. Le reste n'était que futilité et orgueil.

— Allez m'attendre devant l'immeuble avec ta femme…

Vittorio se retourna, hagard, il ne comprenait pas.

— Je vais vous emmener à l'hôpital… Et ne me remercie pas, je le fais sous la menace !

*

Pelotonnée dans son châle noir, Carmela était couchée sur la banquette arrière de la petite Fiat de Giuseppe Rizzo. Assis à la place du passager, Vittorio lui tenait la main tandis que la voiture se faufilait dans les rues noires de Rome. Accroché à son volant, le militant fasciste semblait nerveux, agité de quelques tics.

— T'as intérêt à rester discret sur cette balade, Biaggio… Si jamais on apprend que j'ai aidé un coco, je serai viré du parti.

— Je ne suis pas communiste, lâcha Vittorio dans un souffle, je ne me suis jamais mêlé de politique.

— Tu n'as peut-être pas participé aux grandes grèves, l'été dernier ? Celles que nous avons finalement réussi à mater ?

— Non, mais j'ai quand même pris des coups.

— Je ne te crois pas… On les connaît les ordres de votre nouveau chef, ce Staline ! Voler les outils de production des propriétaires pour finalement exploiter les bras du peuple et étendre cette folie au monde entier !

Vittorio Biaggio ne répondit pas. Ces discours le fatiguaient, toutes ces dialectiques de propagande politique faites de formules creuses, d'incantations idiotes, d'injonctions violentes, véhiculées par les édiles des partis, qu'ils fussent de droite ou de gauche, ne l'intéressaient pas. Il n'avait pas envie de répondre qu'il s'était battu comme un diable pendant la guerre, qu'il avait défendu l'Italie en bon patriote, qu'il avait risqué sa peau à Vittorio-Veneto lors des derniers combats contre l'Autriche-Hongrie, sous le commandement du duc d'Aoste[3] qu'on ne pouvait pourtant pas qualifier d'hostile au *Duce*. Ce qu'il voulait, Vittorio, c'était devenir père, c'était fonder une famille, c'était protéger sa belle Carmela, c'était être digne, c'était vivre comme un homme simple, loin des tragédies que provoquaient les idéologies de toute nature.

— Si tu n'es pas communiste, continua Giuseppe Rizzo, rejoins-moi aux « Chemises noires », je t'en repasserai une belle !

Vittorio évacua les propos de ce pauvre gars, jeune homme comme lui, qui avait des idées à la place du cœur et des certitudes en bandoulière.

Il serra plus fort la main de son épouse qui gémissait.

La voiture longea une partie de l'aqueduc de Néron avant de filer vers la Via dei Laterani au bout de laquelle une longue façade blanche apparaissait.

— On est arrivés.

La voiture s'arrêta devant l'Ospedale delle Donne, l'hôpital des femmes. C'était un des plus vieux hôpitaux romains dont on parlait déjà au XIIIe siècle. Vittorio descendit de la Fiat et ouvrit la porte arrière. Carmela était un petit bout de femme, elle était légère, même si elle pesait pour deux. Il la prit dans ses bras comme au soir de leurs noces pour franchir le seuil de leur nouveau foyer et conjurer le mauvais sort – vieille tradition romaine. Vittorio jeta un rapide merci à Giuseppe Rizzo qui démarra sans attendre pour retourner peupler ses cauchemars de piques et de baïonnettes.

---

3. Emmanuel-Philibert de Savoie (1869-1931), membre de la famille royale.

Devant Vittorio se dressaient les deux hauts pilastres qui encadraient l'entrée de l'hôpital et qui lui donnaient un air auguste, une grandeur romaine. Il accéléra le pas sous les gémissements de son épouse… Carmela était en sueur. Il s'inquiéta, demanda de l'aide. Il fallait se dépêcher, sa femme était sur le point d'accoucher, il allait être père ! Vite ! Une infirmière arriva qui lui sourit, le rassura… On va s'occuper d'elle. Tout va bien se passer. C'était une nuit plutôt calme où les urgences ne se bousculaient pas… et le docteur Simonietta était là, c'était le meilleur accoucheur de l'hôpital. La jeune femme appela un brancardier qui déboula rapidement. Vittorio installa délicatement son épouse sur la civière roulante, caressa ses cheveux, déposa un baiser sur son front humide et chaud. Elle lui sourit en grimaçant. Elle partit en salle de travail. Après avoir pris son nom et celui de la future maman, on conduisit Vittorio dans une salle d'attente et on le prévint que cela pouvait s'éterniser. Il acquiesça sans un mot. Ils patienteraient… lui et son bonheur à venir.

Dans la pièce un peu froide se trouvait un autre homme, plus âgé, dans les trente ou trente-cinq ans peut-être. Il était assis en face de Vittorio et ne cessait de tordre sa casquette entre ses mains rugueuses. Leurs regards se croisèrent par instants et ils se répondirent à coups de petits sourires timides… Ces deux hommes n'étaient pas des bavards. « C'est mon troisième… » lâcha-t-il, lapidaire. Vittorio répondit en levant son index pour indiquer que c'était le premier pour lui. Ils ne s'en diront pas plus. Une trentaine de minutes plus tard, une infirmière surgit, le sourire aux lèvres… L'inconnu venait d'être le père d'un petit garçon… Un dernier regard humide, un dernier sourire, et il abandonna Vittorio à son impatience.

Il était presque six heures. Le futur papa songea que son fils ou sa fille serait du matin… Comme lui, un lève-tôt. Il pensa au petit lit qu'il avait fabriqué lui-même avec du bois de récupération sur son chantier, un petit lit douillet qui attendait l'enfant à côté de Carmela. Plus les minutes passaient, plus le mystère de la paternité le submergeait… Il s'aperçut qu'il n'y avait pas encore pensé, enfin, pas vraiment. Pour Vittorio, les choses se faisaient et on les laissait faire… C'était la vie. Mais soudain, l'attente qui se prolongeait le nourrit de doutes et les appréhensions affluèrent comme une eau qui brise un barrage. Allait-il être à la hauteur ? Les temps étaient difficiles et guider un enfant dans une telle époque relevait du défi… Bien sûr, un fils ferait toute sa fierté, mais comment lui assurer une place au cœur de toute cette folie, de la guerre aux grèves, toute cette violence, cette haine, qui suintait de partout… Une fille serait-elle plus à l'abri des chaos du temps ? Oui… peut-être…

L'attente commençait à lui mettre des fourmis dans les jambes. Il se leva et arpenta la salle d'attente. Il se sentait de plus en plus nerveux. Il s'apprêta à sortir pour se rafraîchir et fumer une cigarette pour se détendre, et manqua de renverser l'infirmière qui venait le chercher. Il respira, son visage se libéra, s'illumina.

— Tout va bien ?

Elle masqua un faux sourire.

— Le docteur Simonietta arrive, il veut vous parler…

Le sourire de Vittorio se figea.

— Pourquoi ?… Je veux voir ma femme !

La jeune femme hésita.

— Pas maintenant… Le docteur arrive… Excusez-moi, je dois m'occuper des bébés.

Elle tourna le dos et fila vers la maternité.

Vittorio n'eut pas le temps de se poser de questions… Au bout du couloir une haute silhouette venait d'apparaître, presque une ombre décharnée, poussée par un vent glacial… c'est du moins le souvenir qu'en aurait Vittorio jusqu'à son dernier souffle… Le docteur Simonietta arriva d'un pas lourd. La silhouette sombre devint une blouse blanche maculée d'un peu de sang ; il se débarrassa rapidement de ses gants en caoutchouc qu'il fit disparaître dans sa poche.

Pourquoi n'était-ce pas l'infirmière qui lui annonçait la naissance de son enfant comme pour l'autre père ?

Le médecin tendit une main que Vittorio serra machinalement.

— Bonjour, monsieur Biaggio, vous êtes le papa d'une petite fille de trois kilos deux… Elle… elle se porte très bien.

Sa voix n'était pas sûre. Vittorio le ressentait dans ses tripes. C'était une voix blanche qui se voulait chaleureuse, mais qui n'y parvenait pas.

— Et Carmela, ma femme ?

Le docteur Simonietta plissa un peu les yeux.

— Votre épouse a été très courageuse, monsieur Biaggio…

— Mais comment va-t-elle ?

— Je suis désolé… Elle a fait une complication, un *placenta accreta*.

Vittorio agrippa la manche de la blouse, s'énerva, paniqua presque.

— Une complication ?

— Oui… un phénomène très rare… quand le placenta reste accroché au muscle utérin… Cela provoque de graves hémorragies.

— Mais ça veut dire quoi, docteur ? C'est grave ? Comment va-t-elle ?

— J'ai dû l'opérer en urgence pour sauver le bébé, et… Votre femme n'a pas survécu, monsieur Biaggio… Elle n'a pas survécu, je suis désolé.

Le premier sanglot s'étrangla dans la gorge de Vittorio, ses yeux s'embuèrent, et il prit sa tête à deux mains comme pour se boucher les oreilles et ne plus rien entendre. Mais il y avait comme un son de cloches qui lui résonnait dans les tympans, un glas qui tambourinait et lui fendait le crâne. « C'est impossible ! Ça n'a pas pu arriver ! »

— Monsieur Biaggio, votre femme a fait preuve d'un courage exemplaire… C'est elle qui a choisi de sauver son bébé ! C'est une sainte femme.

La belle affaire !

Le poing sur la bouche, Vittorio s'effondra en larmes, mais c'étaient des larmes silencieuses qu'il essayait de contenir. Le docteur Simonietta était blême. Il prit le jeune père par les épaules et l'entraîna doucement vers l'accueil.

— Vous allez devoir être fort pour deux… Votre petite fille va avoir besoin de vous…

— Ma femme…

Ce fut un jeune homme brisé qui entra dans la salle de travail pour déposer un dernier baiser sur le front de Carmela. Sa pauvre femme chérie était là… sans vie. Elle qui en débordait tellement. Une infirmière le soutenait.

— Venez voir votre fille comme elle est belle.

D'un pas d'automate, Vittorio suivit la jeune femme qui l'entraînait dans une petite salle où l'on prodiguait des soins aux bébés. Plusieurs petits lits, et plusieurs enfants qui étaient emmitouflés. Certains dormaient, d'autres pleuraient.

— Vous voulez prendre votre fille dans vos bras ?

Il regarda le bébé encore rouge de son effort à naître. Il avait de grands yeux noirs déjà curieux. Curieux d'une vie qui commençait dans le drame ? Que lui dirait-il, à ce bébé qui grandirait ? Qu'il était responsable de la mort de sa mère ?

Nouvelles larmes.

L'infirmière lui tendit l'enfant.

Vittorio recula en secouant la tête… Il n'osa pas… Il ne savait pas…

— Carmela !

C'était un appel au secours… Peut-être une prière pour ce jeune homme simple qui ne croyait pas, qui ne savait pas croire.

— Vous avez quelqu'un dans votre famille qui peut vous aider ?

Il la regarda sans comprendre. « Quelqu'un ? »

Sa seule famille, c'est sa femme, *c'était* sa femme.

— Pour vous aider pour la petite, répéta l'infirmière, pour la nourrir, la laver, la changer…

— Je… ne sais pas… La sœur… oui, la sœur de Carmela… peut-être.

— Très bien… et le nom de la petite ? Vous savez comment vous allez l'appeler ?

Cette fois, il savait… Ils en avaient tellement parlé. D'un commun accord, ils auraient appelé leur premier fils Giacomo, mais pour une fille, si Vittorio voulait Émilienne, Carmela souhaitait Emma.

— Emma, murmura-t-il, elle s'appellera Emma.

— Très bien… Alors bienvenue à la petite Emma. Et ne vous inquiétez pas, monsieur Biaggio, nous allons nous occuper des formalités. Vous pourrez venir chercher votre bébé dans deux jours. Pendant ce temps, essayez de vous organiser pour la venue de la petite.

« S'organiser ? » Oui, il allait essayer de s'organiser. En sortant de la pouponnière, il croisa l'homme de la salle d'attente, l'homme qui attendait son troisième enfant. Gêné, ce denier baissa les yeux pour cacher un bonheur qu'il savait impudique dans de telles circonstances tragiques.

Avant de partir, Vittorio dut régler quelques formalités à l'accueil. Derrière l'hôtesse, un poste de radio crachotait les infos du matin. Étrangement, elle annonçait un deuil national… Pendant une seconde, il associa cette mort à celle de Carmela… Mais non ! C'était le compositeur Giacomo Puccini qui était mort, en ce funeste jour de novembre 1924… La voix du créateur de *La Bohème*, de *Madame Butterfly* et de la *Tosca* venait de s'éteindre dans un hôpital de Bruxelles.

Vittorio sortit de l'hôpital, le corps tellement lourd, écrasé par la perspective de cette vie nouvelle qui l'attendait.

Le jour se levait. Un vilain crachin tombait sur la ville éternelle aux sept collines.

De la radio quelques notes de musique lui parvinrent qui rendaient hommage au maître contemporain de l'opéra italien.

Il reconnut la *Tosca*…

E lucevan le stelle.

Il pleuvait… Il pleurait.

Et les étoiles brillaient,
Et la terre embaumait
La porte du jardin crissait,
Et un pas effleurait le sable.
Elle entrait parfumée,
Me tombait dans les bras.

Ô doux baisers, ô langoureuses caresses,
Tandis que je tremblais, elle dévoilait ses belles formes !
Il s'évanouit pour toujours mon rêve d'amour.
L'heure s'est envolée, et je meurs désespéré !
Et je n'ai jamais autant aimé la vie !

*
* *

5
Et l'étoile brillait…

Paris – Les années 1980.

E lucevan le stelle,
ed olezzavça la terra
stridea l'uscio dell'orto
ed un passo sfiorava la rena.
Entrava ella fragrante,
mi cadea fra le braccia.
…/…
O dolci baci, o languide carezze,
Mentr'io fremente le belle forme disciogliea dai veli !
Svanì per sempre il sogno mio d'amore.
L'ora è fuggita, e muoio disperato !
E non ho amato mai tanto la vita !

L'orchestre s'éteignit dans un lent murmure…

La lumière revint sur scène. La silhouette imposante de Luciano Pavarotti, un des plus grands ténors italiens depuis Enrico Caruso, se pencha légèrement vers l'avant pour saluer son public déjà debout et qui acclamait le héros de la scène lyrique mondiale. Il venait d'achever son récital sur l'air le plus célèbre de la *Tosca* de Puccini, *E lucevan e stelle*. Avec son grand mouchoir blanc, le chanteur aux cent soixante kilos et à la voix la plus aérienne qui fut, épongeait son visage trempé de sueur.

Fondu au noir.

Les applaudissements disparurent lentement et furent peu à peu remplacés par d'autres, ceux d'une autre salle, d'un autre public. Le différé d'un concert romain laissa la place au direct d'une émission de variétés françaises.

Paul Saran, micro en main, regarda le public et la caméra. Il sentit un léger tremblement au bout de sa jambe… Il était traversé par une émotion nouvelle. Pour la première fois, depuis ses débuts, il doutait, oui, il doutait vraiment.

Tous les indicateurs de la reconnaissance professionnelle étaient au vert. Conjonctions heureuses, ses idées rencontraient leur public. Le travail payait et le succès était au rendez-vous. Il venait d'avoir trente ans et c'était ce moment précis que la production avait choisi pour le remercier de ses parts de marché galopantes, de son ascension vers les hauteurs de l'audimat, firmament du petit écran.

Dans les bureaux, dans les hauteurs, on savait l'animateur grand amateur d'opéra, de plaisirs lyriques, amoureux des voix, lui qui avait toujours rêvé de faire œuvre de la sienne.

— Que dirais-tu, Paul, d'interviewer Luciano Pavarotti ?

Saran en était presque tombé de sa chaise. Pavarotti, le roi des rois de l'opéra ! Le dernier maître du bel canto ! Le monstre sacré que toutes les scènes s'arrachaient ! Une interview de

Pavarotti était une sorte de sacre pour un animateur, surtout pour un jeune homme dont la carrière commençait et dont le succès touchait un public populaire, certes dans le plus beau sens du terme, mais un public qui avait des attentes particulières en matière de divertissement. On était devant le ténor de Modène comme on était devant Albert Camus, Jean Cocteau ou François Mauriac... Être face à un artiste de la nature de Pavarotti, ce n'était pas seulement être devant une légende vivante, mais être aussi devant un symbole... Celui de la *Culture* avec un grand C, la culture de la musique classique qui, pour beaucoup, à tort bien sûr, est inaccessible ! Une musique élitiste, hermétique, destinée à une catégorie huppée de la population. Saran, qui se connaissait des origines italiennes, savait que c'était faux, que les mammas de Rome, de Naples ou de Turin, chantaient des arias de Verdi ou de Rossini en étendant leur linge aux fenêtres ; qu'on sifflait des ritournelles de Caccini et de Bellini dans les usines de Fiat ou d'Alpha Romeo ; que les mélodies de Vivaldi se fredonnaient sur les canaux vénitiens et que les airs sacrés de Pergolèse se faisaient prier dans les églises de tout le pays.

Mais qu'on songe à lui, un des maîtres de cérémonie de la variété française, pour questionner le *maestro* italien, il n'en revenait pas ! Devait-il refuser la proposition ? Mettre ses origines au frontispice de ses ambitions ? Faire un pas de côté en disant : « Merci, mais ce n'est pas pour moi ! » Non, certes non ! Car si c'était une surprise, une belle surprise, c'était aussi un honneur. On lui faisait confiance... On voyait en lui l'homme de la situation, celui qui pourrait réunir le grand public et la grande musique, les joies simples et les émotions éternelles. C'était un pari qu'il voulait tenir... Qu'il avait tenu !

Le public applaudissait toujours. Saran souriait, attendant que l'exaltation retombe.

— Mesdames et messieurs, ce soir dans nos petits jardins, qu'ils soient secrets ou non, j'aimerais déposer une nouvelle pierre blanche… Je dirais même une perle… Une perle qui nous vient d'Italie, mais dont le talent ne connaît aucune frontière. Je reçois ce soir un homme que vous connaissez peut-être, que vous connaissez sans doute, un homme que le monde entier admire, un de nos plus grands artistes internationaux, chantre d'une musique céleste et ambassadeur des plus belles partitions qu'a comptées la musique à travers les siècles… Mesdames et messieurs, je vous demande d'applaudir monsieur… Luciano Pavarotti !

Le rideau rouge s'ouvrit sur le ténor debout, bras ouverts vers le public qui redoublait ses applaudissements. Sous ces feux nourris d'admiration, constitués de vivats et de hourras, sur l'invitation de Paul Saran Pavarotti vint s'asseoir sur le canapé de cuir blanc.

Saran était sur le point de poser sa première question et, chose merveilleuse, le doute avait disparu, envolé. Peut-être parce qu'il y avait une autre dimension chez le chanteur, hormis celle imposée par sa carrure impressionnante, c'était celle de son passé. Un passé qui n'était pas sans rappeler celui de l'animateur. Il y avait bien sûr l'Italie, cette terre à laquelle Saran se sentait profondément attaché, mais aussi le rapport au père qui dans les deux cas était essentiel, ces pères « empêchés » que la vie n'avait pas cajolés, mais dont l'exemple avait été primordial pour se construire.

Luciano Pavarotti n'avait pas conquis le monde de l'opéra aussi facilement que son adulation du moment le laissait supposer. Les échelons avaient été difficiles à grimper. Né avant-guerre, à Modène, en plein cœur de la vallée du Pô...

— Luciano, je crois que vous n'êtes pas né « coiffé », comme on dit chez nous...

Pas vraiment, non. Perdue dans une campagne endormie, la ville de Modène, si elle a donné naissance au célèbre constructeur automobile Enzo Ferrari, quarante ans plus tôt, n'est pas très riche... Ses habitants non plus. La mère de Luciano est ouvrière dans une manufacture, tandis que son père pétrit sa farine presque jour et nuit dans sa petite boulangerie.

Paul Saran songea à son propre père qui, toute sa vie durant, avait mis dans le respect du travail la première condition de la dignité d'un homme.

— Je crois savoir que c'est votre père, Fernando, qui vous a inoculé le virus du chant, je me trompe ?

Ah ! Fernando Pavarotti, le bel organe de Modène ! Lui qui se rêvait le nouveau Caruso et qui chantait les grands airs du répertoire, les deux mains dans le pétrin. Sans ce maudit trac qui le terrassait à chaque fois qu'il lui était donné la possibilité de monter sur scène, il aurait envoûté les foules entières de sa voix de velours, il en était sûr ! Mais au fond de sa boulangerie, il ne lui restait que les flûtes et les baguettes comme instruments pour accompagner sa frustration. Toutefois, les notes vocalisées du paternel n'étaient pas tombées dans l'oreille d'un sourd... Le petit Luciano était là, dans l'ombre de ce chanteur de bel canto amateur, et il admirait cette voix qui parlait aux étoiles. Comme son père, il serait chanteur d'opéra, mais sans le pétrin, chanteur avec toutes ces perspectives merveilleuses que laissait entrevoir le métier... Pour les douze ans du petit Luciano, Fernando Pavarotti lui fit découvrir la voix d'or du ténor Beniamino Gigli, le plus beau timbre du métier. Une révélation ! Trente ans et cent kilos plus tard, Luciano serait celui qu'on viendrait admirer sur les scènes du monde entier.

Merci Papa !

— Votre succès a dû procurer une immense fierté à votre père, non ?

Pas simple ! Orgueil quand tu nous tiens ! Luciano attendra près de quinze ans avant d'entendre un premier compliment de l'ancien boulanger de Modène qui trouvait son timbre plus beau que celui de son fils. Une première fêlure. Pourtant, grâce à son fils, Fernando verra une partie de son rêve s'accomplir… par procuration.

Par procuration…

Paul Saran bloqua un court instant sur cette notion. S'était-il lui-même posé la question de son succès et de ses conséquences auprès des siens ? La réussite a parfois un parfum d'injustice pour les autres. Après tout, peut-être est-il plus naturel d'être jaloux que d'être fier… C'était moins noble, mais c'était plus vrai.

Et son père, à lui… Qu'avait-il vraiment ressenti ?

*

* *

6

Les flonflons de la Marne

Banlieue sud-est de Paris – 1932.

À la guinguette de l'Écluse, non loin de Charenton, au bout d'un ancien chemin de halage, une fête battait son plein. Entre les ormes séculaires et les saules pourpres, on pouvait distinguer des petites tonnelles débordant de fleurs qui masquaient des tables de six ou huit personnes. À cette heure avancée de l'après-midi, les nappes étaient tachées de vins aériens et les serviettes roulées en boules. Quelques chaises étaient vides et seuls les plus vieux de la fête goûtaient les plaisirs d'une légère ivresse et d'un sommeil profond ; les plus jeunes avaient déserté la fraîcheur des tonnelles après la pièce montée pour gagner la piste de danse, où les galantes et leurs cavaliers y allaient de leurs pas effrénés, sur les mélodies populaires que jouaient les accordéons et les guitares endiablées. Flonflons et musette ! Les corsages bien pleins et mutins des jeunes filles encore célibataires provoquaient les jeunes loups, surtout ceux de la délégation italienne, aux mains lestes et insolentes.

Dans cette scène d'un mariage d'été ensoleillé, c'était la rencontre de deux pays, de deux cultures...

— Mademoiselle Clara Corti, acceptez-vous de prendre pour époux, monsieur Adrien Clermont ici présent ?

— Oui.

— Monsieur Adrien Clermont, acceptez-vous de prendre pour épouse mademoiselle Clara Corti ici présente ?

— Oui.

Et à midi tapant, dans la belle église de la place Jeanne-d'Arc du treizième arrondissement de Paris, le père Isorni avait uni Clara et Adrien Clermont pour le meilleur et pour le pire. Mais dans les yeux d'Adrien qui brillaient d'amour en regardant sa belle Italienne, il n'y avait que le meilleur.

La cérémonie terminée, les deux familles étaient montées dans un autobus rutilant des Transports Clermont, chaque « clan » sur un côté du car, gardant toujours une petite distance respectable. Comme à l'église, les sourires étaient restés polis, mais de part et d'autre on s'observait, on se jaugeait. L'équipe italienne, composée d'une vingtaine de « belligérants », restait sur ses gardes... L'esprit napolitain avait tendance à se méfier des gens riches, surtout quand ils étaient généreux... Et chez les Clermont, on ne regardait pas à la dépense. Le chef de famille, Albert, qui mariait son fils cadet, ne voulait pas lésiner. Quand on se mariait chez les Clermont, on se mariait bien, on se mariait grand. Aussi avait-il décidé, avec un peu d'autorité, de prendre à sa charge la fête et de réserver une quinzaine de tables à la guinguette de l'Écluse, petit havre de paix et de gastronomie sur les bords de la Marne. Puis il avait « affrété » un autocar de sa compagnie pour transporter tout ce beau monde.

Les Transports Clermont, ce n'était pas rien. Il s'agissait d'une entreprise florissante d'autocars dernier cri, créée et dirigée avec succès quelques années plus tôt. Albert Clermont, chef d'entreprise audacieux, avait conçu un réseau de transport tout à fait original qui consistait à conduire les turfistes de Paris et de la région parisienne d'un champ de courses à l'autre. Personnel, parieurs, propriétaires, entraîneurs, jockeys ou simples amoureux des chevaux... les Transports Clermont faisaient la joie du monde hippique.

L'idée d'« enfourner » toute la belle-famille dans un autocar de fonction n'avait pas tellement plu à Philomène, l'épouse un peu effacée d'Albert. Malgré ses mises en garde répétées, l'entrepreneur n'avait pas jugé utile de ménager les subtilités italiennes. La famille Corti ne roulait pas sur l'or, quoi de plus naturel dans ces conditions que de s'occuper des problèmes de logistiques... Inutile de mettre ces pauvres gens dans l'embarras !

— Ils ont leur fierté, Albert, peut-être n'apprécieront-ils pas d'être à notre charge ! avait insisté madame Clermont.

— N'aie crainte, ma bonne Philomène, un bon champagne, une belle pièce montée et de la bonne humeur apaiseront ces orgueils italiens ! Et ce qui compte, c'est le bonheur de leur fille, non ?!

Fin de l'acte. Si Albert Clermont était d'un naturel plutôt bonhomme et enclin à une certaine fantaisie, il n'en restait pas moins un chef d'entreprise qui n'aimait pas être contredit.

À la table du couple, la conversation allait bon train. Les alcools de fin de repas avaient échauffé les esprits, aiguisé les agacements et affûté les colères. Hormis les parents Corti qui parlaient peu, toujours un peu complexés par leur accent et la différence sociale, les langues se déliaient et se risquaient sur des thèmes dangereux, comme la politique. Un certain Léon Fargues, grand escogriffe aux allures de tête d'épingle, ami de la famille et parieur invétéré, qui profitait chaque jour de la magnanimité des Transports Clermont, avait pris le sujet d'assaut. Paul Doumer, le président de la République, venait d'être assassiné quelques semaines plus tôt et la France était encore sous le coup de l'émotion.

— Cette vieille baderne de Doumer ne nous manquera pas !

— Tu crois sans doute que la transparence d'un Albert Lebrun vous ira mieux ?

Léon Fargues, l'œil vitreux, toisa un petit homme gras, barbifère à la Tolstoï, qui osait lui répondre avec morgue. Il s'agissait d'Edgar de Pelissy, propriétaire de plusieurs chevaux de course et partisan, pour la France, du retour d'un roi.

— Selon Clemenceau, Doumer était le candidat de l'Église et de la monarchie ; je comprends que sa mort te désole, mon pauvre Edgar.

— Un franc-maçon notoire et militant ! Ce Clemenceau est vraiment un jobastre ! J'avoue que le caractère d'indépendance de Doumer aurait pu me séduire, son amour sincère du pays et son goût pour Jeanne d'Arc également, mais son appartenance musclée à la franc-maçonnerie en faisait pour moi une sorte de traître à cette France magnifique bâtie par nos rois !

Albert Clermont monta sur ses ergots.

— Edgar, tu parles d'un ancien ouvrier devenu président, un exemple de ce que peut offrir la République à ses enfants !

— Il a surtout offert quatre de ses fils aux mâchoires de la guerre !

— Il n'en est que plus admirable ! Et de toute façon, rien ne justifiait ce crime odieux !

— L'assassin est un Russe blanc, précisa Léon Fargues.

— C'est surtout un déséquilibré, contra le royaliste.

— Je ne crois pas, car on dit que sa tête roulera dans la sciure avant la fin de l'été... et on ne guillotine pas les fous ! Si vous voulez mon avis, c'est surtout la politique de réarmement que menait Doumer contre les fascistes qui a armé le chien du pistolet. Et quand on sème la poudre, on récolte des balles !

— La formule est belle, mais à tous les pacifistes de ton espèce, Léon, je pourrais t'en proposer une autre : « C'est par l'acier qu'on sauvegarde l'indépendance d'un peuple ! »

— Fasciste !

Un poing se serra.

Clermont se refit un petit cul-sec d'un verre de fine Napoléon et se leva, les bras ouverts et le sourire séducteur.

— Allons, mes amis, du calme ! En ce jour de joie, abandonnons les rives austères de la politique pour gagner celles, plus enivrantes, du bonheur équestre. Mon cher Edgar, qu'en est-il de *Belle de nuit* ? Vous savez que, le mois dernier, elle m'a rapporté une véritable petite fortune ?

— Les meilleurs antérieurs du circuit... Elle est lente au démarrage, mais imbattable sur la distance.

— Merci de ne pas me l'avoir conseillée, ironisa Léon Fargues, j'ai perdu vingt billets le week-end dernier.

— Tu avais misé sur quel cheval ?

— *Raspoutine*.

Albert et Edgar étouffèrent un rire moqueur.

L'accordéon s'était tu pour laisser la place à quelques notes de banjo que couvrit bientôt une voix au grain des faubourgs, une voix éraillée qui s'emparait avec une certaine originalité du grand succès du chansonnier Félix Mayol, *Viens poupoule.*

Viens poupoule, viens poupoule, viens !
Quand j'entends des chansons ça m'rend tout polisson
Ah ! viens poupoule, viens poupoule, viens !
Souviens-toi qu'c'est comm'ça que j'suis dev'nu papa

À l'écoute de ces paroles un peu coquines, les mains italiennes se firent plus volages sous les regards sévères des cousins Clermont qui se voulaient garants d'une moralité à la française.

Viens poupoule, viens poupoule, viens !
Ce soir je t'emmène... où ?
À la caban' bambou Hou

Un peu plus loin, sur la Marne, les rayons de soleil de cet après-midi fatigué rasaient les flots qui vibraient sous les coups d'avirons d'un rameur encore sobre. Adrien Clermont, vingt ans, admirait sa jeune femme Clara, qui laissait traîner une main nonchalante dans l'onde fraîche. Elle était belle comme une madone de Botticelli, la peau claire et les cheveux bouclés d'un blond presque vénitien.

Adrien repensait à leur première rencontre dans une gargote du treizième arrondissement, près de Tolbiac, de ces musettes du samedi soir. C'était son frère aîné, Louis, qui l'entraînait généralement dans ses virées du week-end. Adrien traînait toujours des pieds pour l'accompagner... Les joue-à-joue accompagnés de conversations oiseuses, ce n'était pas vraiment son truc. Le cadet des Clermont, c'était plutôt un taiseux... Pas du genre à parler pour ne rien dire. Mais... dans la routine du cœur, on trouve toujours un « mais », il y avait eu ce samedi de septembre, et cette apparition merveilleuse. Une robe rouge qui mettait en valeur des formes épanouies était entrée dans la salle. Tous les regards s'étaient braqués. Ceux des hommes, bien sûr, mais aussi ceux des femmes aux éclairs de jalousies et aux mentons dédaigneux. D'un seul coup, Adrien s'était senti la bouche sèche et le cœur en embuscade. Quelque chose d'indéfinissable s'était passé. Était-ce ce que certains appelaient le « coup de foudre » ? Il fallait en avoir le cœur net ! Aussi Adrien prit-il sur lui pour inviter la jeune fille à danser. Forcer sa nature n'avait pas été une mince affaire, mais forcer le barrage des cousins chaperons non plus. Clara était italienne, de ces Napolitaines dont on disait qu'elles avaient le sang chaud. Adrien était d'une excellente famille avec pignon sur rue et héritage à la clef. Ses origines parlaient pour lui et, chez les Corti, on lui permit assez rapidement de faire sa cour selon les us et coutumes amalfitaines. Les Italiens étaient très à cheval sur le code d'honneur familial, aussi autorisa-t-on au jeune couple une promenade au parc Montsouris une fois par semaine, le dimanche, après le déjeuner. Le rituel était strict : interdiction aux tourtereaux de se toucher ne serait-ce que la main. Vingt mètres derrière eux, le cortège de frères, cousins et parents suivait, l'œil aux aguets. À ce rythme-là, il n'avait pas fallu bien longtemps à Adrien pour déclamer sa flamme et faire sa demande en mariage. Il n'était pas italien, certes, mais son père possédait une entreprise de transport saine et une société de plomberie en pleine expansion. La grande dépression américaine de 1929 avait gagné l'Europe dès

1931 et fragilisé grandement le marché du travail. Dans cette période de crise, un bon mariage n'était pas à négliger. C'était du moins ce qu'avait pensé la famille Corti, d'autant qu'on connaissait le tempérament bouillonnant, pour ne pas dire l'« altruisme » excessif, de Clara. La marier au plus vite était non seulement un investissement, mais une sécurité.

— Dis voir, Adrien, tu comptes l'emmener où en voyage de noces, la sœurette ?

La question sortit le jeune homme de sa torpeur admirative.

Cette voix en pleine mutation, qui évoluait entre toutes les gammes d'une tessiture défaillante, appartenait à Roberto Corti, le jeune frère de Clara, un adolescent à l'œil vif et la mèche rebelle.

Le garçon était allongé dans le fond de la barque, derrière sa sœur, et regardait ce beau-frère tout neuf avec une petite pointe d'arrogance dans le regard.

Adrien n'eut pas le temps de répondre, devancé par un soupir appuyé de sa jeune épouse.

— Figure-toi, Roberto, que je n'aurai même pas droit à un petit voyage, se lamenta Clara, monsieur Adrien Clermont, mon cher et tendre mari, juge que ce n'est pas le moment ! Quel est le moment pour un voyage de noces, si ce n'est après les noces, je te le demande !

Clara avait la mine boudeuse.

— Ma chérie, je t'ai expliqué que l'entreprise avait besoin de tous ses bras avec la crise.

— La crise ? Elle a bon dos, la crise ! Les sociétés de ton père ne sont pas en difficulté, que je sache.

— Il faut être prudent. Nous avons le contrecoup de la grande dépression américaine et le chômage galope. Estime-toi heureuse d'avoir un mari qui travaille.

La jeune femme haussa les épaules et ferma les yeux pour apprécier la douceur de l'instant.

Depuis plusieurs années déjà, Adrien travaillait avec son frère Louis dans une des deux entreprises familiales. Pas celle des transports d'hippodromes, mais celle de plomberie. Il y occupait un poste de plombier-couvreur. Il ne roulait pas sur l'or, mais son salaire allait lui permettre de louer un petit appartement du côté de Villejuif, non loin de l'entreprise et de subvenir aux besoins de sa jeune épousée.

— Dis-moi donc, Adrien, reprit Roberto, pourquoi que ton paternel, il te donne pas une place de chef ? Tu pourrais te la couler douce et toucher le paquet ! À vous la *dolce vita* !

Du haut de ses douze ans, Roberto, qui avait un profil scolaire laborieux, portait sur le monde du travail une vision personnelle… Les riches ne travaillaient pas ou peu et ils exploitaient les pauvres dont sa famille faisait partie.

Adrien sourit de tant de naïveté.

— Tout individu doit mériter sa place dans la société. Rien n'est dû, rien n'est acquis. Tu me vois, dirigeant des ouvriers qui ont vingt ans de métier, sous prétexte que je suis le fils du patron ? Ce serait ridicule… ridicule et injuste. Je veux faire mes preuves et mériter mon statut.

— Ben moi, si j'avais de l'argent, j'en profiterais !

— Si tu travailles, Roberto, si tu travailles dur, tu gagneras de l'argent et tu feras de ta vie ce que tu veux qu'elle soit ! Regarde le parcours du président Doumer… Il a commencé à douze ans comme coursier et ouvrier graveur pour terminer…

— … avec une balle dans le cigare !

Adrien soupira.

— Tu comprends ce que je veux dire, Roberto. On est propriétaire de sa vie, pas locataire !

— Mouais... Ben justement, quand on est propriétaire, on en profite ! Parce que, quand on va au bahut avec une voiture et un chauffeur, c'est plus facile pour commencer dans la vie.

Adrien secoua la tête.

— Tu parles pour moi ?

— C'est Clara qui m'a dit ça... C'est pas vrai ?

— Si... mais j'ai toujours détesté ça... Moi, ce que je voulais, c'était être comme les autres... Aller à l'école le cartable sur le dos avec les copains, rigoler, raconter des histoires... J'ai un souvenir horrible de ces années où j'étais montré du doigt comme le gosse de riche...

— Et la grande maison pleine de domestiques pour te servir...

Que répondre à un jeune garçon d'une famille d'émigrés italiens qui vivait dans un appartement de misère avec une ribambelle de frères et sœurs ? Comment lui faire comprendre que le luxe apparent que les parents Clermont avaient offert à leurs enfants n'avait jamais été accompagné de tendresse, d'attention, voire d'amour ? Que seul le statut, le standing et le paraître avaient dicté le mode de vie de cette famille bourgeoise... On faisait des enfants, on leur offrait une éducation adaptée à la réussite sociale afin d'éviter le qu'en-dira-t-on, et la posture prenait le pas sur l'affection.

— Mon père m'a mis au travail dès que possible, fut la seule réponse présentable qu'Adrien trouva.

— Mon pauvre chéri...

Le sourire désarmant, Clara venait de se redresser pour caresser la joue de son mari.

— Oui, on attendra que tu fasses tes preuves, mon chou…

Adrien baissa la tête, ne voulant pas chercher un quelconque mauvais esprit chez son épouse, et se concentra sur ses avirons pour revenir sur la berge où le champagne et la musique coulaient toujours à flots.

*

* *

Je n'ai jamais été très heureux, je n'étais pas programmé pour ça… et je n'ai sans doute jamais apporté beaucoup de bonheur autour de moi. Avais-je pour autant mérité le rejet et l'humiliation qui m'ont frappé si jeune ? C'est vrai que je me suis vengé une première fois… C'était comme un châtiment que je voulais infliger à ta mère… Mais ce n'était pas suffisant pour éteindre le feu qui me consumait… non, pas suffisant du tout.

…/…

7

Misère romaine

Rome, 1932 – Quartier de la Garbatella.

Rome avait connu Subure, ce quartier populeux de l'Antiquité, perdu entre l'Esquilin et le Viminal, deux des sept collines romaines. Subure, synonyme de bas-fonds, des lieux de débauche où les populations interlopes s'adonnaient aux plaisirs de la chair et du crime. Le poète Juvénal y avait, dit-on, trouvé l'inspiration pour ses célèbres *Satires*. Deux mille ans plus tard, ce serait les quartiers ouvriers qui remplaceraient ces rues corrompues et fatiguées aux maisons vétustes, branlantes, dangereuses.

C'était là, au bout d'une ruelle mal pavée, que pendant des années s'était élevé un immeuble gris, sans joie, un immeuble sale aux airs penchés qui donnait toujours l'impression qu'il allait s'effondrer.

Dans cette bâtisse de quelques étages, Vittorio Biaggio avait vécu presque sept ans avec sa petite Emma. Sept ans d'une tristesse que même le soleil romain n'avait pas réussi à altérer.

Après le décès de son épouse, Vittorio avait dû se rapprocher de sa belle-sœur, Valentina, la sœur aînée de Carmela. Valentina vivait là avec son mari, Luigi, qui était maçon. Leur fille aînée, Gloria, ne voulant pas ajouter à la misère familiale, avait immigré en France quelques années plus tôt pour tenter sa chance. Elle avait bénéficié du réseau politique de son père qui militait dans un syndicat communiste. Contrairement aux émules de Mussolini qui venaient en France avec la ferme intention de ne pas s'intégrer, ceux du Parti rouge avaient pour consigne de se fondre dans la population et de gonfler, dans la mesure du possible, les rangs des syndicats et faire triompher l'Internationale.

Le départ de la jeune femme avait coïncidé avec le vaste projet des architectes du Régime de détruire une partie du quartier d'Ostiense, afin de permettre un développement industriel rapide.

Depuis quelques années, Benito Mussolini avait entrepris de moderniser Rome, de lui redonner son faste passé, de faire de la cité aux sept collines le cœur d'un nouvel empire qui ferait oublier celui d'Auguste. Le *Duce* voulait faire de sa Ville éternelle une capitale moderne, vaste, ouverte… une vitrine pour un monde nouveau et conquérant. « Nécessité et grandeur » étaient les deux mamelles historiques auxquelles Mussolini voulait s'abreuver.

Le parti fasciste, issu du socialisme, avait toutefois bien pensé les choses, et il n'était pas dans son projet ni d'écraser ni de repousser les classes laborieuses, mais au contraire de s'en faire des alliées, d'utiliser la masse à bon escient et de tout faire pour ne pas la faire tomber entre les griffes de l'hydre rouge qui gangrenait, à ses yeux, la plus belle nature du patriote italien.

Ce fut le quartier un peu excentré de la Garbatella qui fut choisi pour une urbanisation révolutionnaire. Il y avait là encore, sur ces terres presque rurales, quelques carrés de vignes qui se mêlaient à des friches industrielles. On avait rasé ces ultimes vestiges et commencé l'élaboration d'une cité-jardin ouvrière, comme il en existait déjà à Milan ou dans les villes minières de l'Angleterre. Pendant une dizaine d'années, le quartier s'était enrichi de courts immeubles à deux ou trois étages, de petites maisons, de jardins, de squares...

Expropriés de leur immeuble de misère, Vittorio et Emma avaient eu la chance d'obtenir un appartement au cœur de la Garbatella, non loin de la basilique Saint-Paul-hors-les-murs qui, sur son éminence boisée, dominait de sa grâce séculaire.

Le père et sa fille étaient là depuis un an, à présent. Douze mois pendant lesquels la petite Emma avait appris que le monde pouvait être moins gris à l'ombre des jeunes arbres. Ce nouvel espace romain, décalé, bucolique, d'un style néo-baroque qui avait des allures de province, diffusait une forme de poésie champêtre. Quand elle n'avait pas école, Emma passait des heures à regarder les voisins qui plantaient des pieds de tomates, des potirons, ou même certains, aux âmes d'artistes, qui peignaient des bas-reliefs aux maisons. La vie semblait retrouver de la couleur.

Vittorio et son beau-frère Luigi, également relogé avec Valentina dans une parcelle voisine, avaient tous les deux été engagés sur le chantier d'une usine d'Ostiense où ils travaillaient comme des forcenés du soir au matin. Vittorio était ouvrier métallurgiste et passait des journées entières avec le casque de soudage sur la tête et le chalumeau à la main. Il rentrait chaque soir vidé de toute son énergie, usé par la pénibilité du travail. Très tôt, Emma, grâce à sa tante Valentina, avait appris à s'occuper du modeste foyer et elle s'arrangeait pour que son père n'ait rien à faire. Après l'école et les devoirs, elle se métamorphosait en petite fée du logis. Bien sûr, Valentina venait régulièrement aider sa nièce. C'était elle qui, tous les six mois, venait rallonger les deux robes que possédait Emma, ainsi que sa blouse grise. Vittorio, comme la plupart des ouvriers, n'avait pas des moyens suffisants pour gâter sa fille.

Mais depuis qu'ils étaient installés dans la cité-ouvrière avec tous ces jardins communs qui favorisaient la promiscuité et l'entraide, l'insouciance, cette vertu merveilleuse propre à l'enfance, semblait vouloir percer sous la surface des jours encore difficiles.

Tous les matins, Emma partait à l'école à pied en compagnie de Chiara, sa petite voisine. Toutes les deux dans leur blouse, elles cheminaient à travers le dédale romain sur trois ou quatre kilomètres pour rejoindre l'établissement scolaire du sud d'Ostiense et ce, quel que fut le temps. Sur le chemin, bien souvent, en jeunes filles appliquées, elles se récitaient leurs leçons.

— De qui Remus et Romulus sont-ils les enfants ?

— Du dieu Mars, répondit Emma.

— Où ont-ils été trouvés ?

— Dans la grotte de Lupercales…

— Et par qui ?

— Une louve !

— Bravo ! Une louve dont nous sommes tous les enfants.

Emma haussa les épaules. Elle n'aimait pas cette image. Elle n'était pas l'enfant d'une louve, et on ne l'avait pas trouvée dans une grotte. Son père était un Biaggio et ce n'était pas parce qu'elle n'avait plus de maman que l'école pouvait lui en donner une.

Depuis près d'une dizaine d'années, tous les enfants d'Italie en âge d'être scolarisés devenaient membres des *figli della lupa*, les enfants de la louve. La louve qui avait élevé Remus et Romulus, les futurs fondateurs de Rome, la louve symbole de la grande cité.

— L'année prochaine, continua Chiara, si nous sommes sérieuses, nous pourrons accéder à l'organisation des « petites Italiennes ».

C'était là une autre idée du Parti qui préparait les futures étudiantes à une instruction sur les bienfaits de l'idéal fasciste, mais aussi sur l'importance de devenir une parfaite femme d'intérieur, une épouse docile et une mère dévouée. Ces futurs « amazones » des temps modernes, qu'on appelait les « anges du foyer », devaient être l'incarnation parfaite de la femme admirative du « citoyen-guerrier ».

Emma, qui admirait et aimait son père passionnément, trouvait qu'elle était déjà formée aux réalités du quotidien. Loin de la protection aimante d'une mère, elle avait dû apprendre les règles de la vie plus rapidement que ses petites camarades.

En tant que filles, elles avaient échappé à l'Œuvre nationale Balilla où l'on inculquait aux garçons l'esprit martial et l'amour de la nation, afin qu'ils deviennent de parfaits « citoyens-soldats ».

Très tôt, Emma avait su à quel avenir elle serait vouée car, pour le parti fasciste, le destin des enfants de familles modestes était tout tracé : pour les filles, seules s'ouvraient les options de ménagères rurales ou d'ouvrières travaillant à domicile. Une perspective enchanteresse…

Sur le chemin de l'école, elles croisaient régulièrement des jeunes garçons en uniforme, qui arboraient déjà la fierté du futur soldat. Comme toutes leurs camarades, Emma et Chiara portaient une blouse grise, ce qu'elles appréciaient particulièrement car cela masquait leur origine modeste. En classe, il n'y avait ni riche ni pauvre, juste des enfants devant un professeur, qui ne demandaient qu'à apprendre à lire, à écrire et à compter.

Aussitôt la classe terminée, en début d'après-midi, Emma rentrait pour faire ses devoirs et s'occuper de la maison. Deux fois par semaine, elle faisait les courses avec sa tante qui lui apprenait l'art de cuisiner avec peu de choses. Le grand plaisir d'Emma, c'était de s'arrêter sur les marchés, devant les vendeurs de pâtes qui laissaient sécher des « kilomètres » de macaronis au soleil, qui faisaient comme des métiers à tisser. Tisserands pour papilles. Sur la piazza di San Eurosia à l'entrée de la rue des Sept-Églises, il y avait ce jeune garçon, Lorenzo, avec son maillot de gondolier à rayures rouges, qui jusqu'au soir braillait les vertus des pâtes de Gragnano. Gragnano, cette petite ville de la côte amalfitaine qui louchait vers Capri et dont les rues étaient ouvertes aux quatre vents... Ces vents marins et secs qui faisaient sécher les pâtes avec la bonne odeur du large, ces vents mythiques qui inventaient les meilleures pâtes du monde ! Elle s'émerveillait, Emma, de voir ces remparts filandreux et blancs qui jalonnaient les rues comme du linge étendu aux fenêtres. Et puis, il était bien joli ce Lorenzo, avec sa chevelure noire dans le vent, ses pantalons élimés et sa voix cassée. Mais c'était un vieux d'au moins douze ans.

Le soir, quand Vittorio rentrait, l'appartement restait silencieux. Harassé par le travail de la journée, les nerfs usés par le bruit constant du chalumeau sur les poutrelles d'acier, il avait besoin de repos… de repos et de silence. Le moindre bruit lui arrachait des soupirs douloureux, alors Emma restait silencieuse pour préserver la santé de son père. Elle lui murmurait des questions auxquelles il répondait à peine. Dès le repas achevé, il s'effondrait sur son lit, laissant la fillette aux chants des oiseaux et au ciel étoilé.

Au cœur de cette cité-ouvrière qui, chaque semaine, s'enflait de nouvelles constructions, les mamans pimpantes et volubiles s'amusaient à nourrir le voisinage en faisant toutes sortes de plantations. Qui des légumes, qui des fleurs, qui des fruits… Chaque coin de terre était travaillé pour le bien commun. Les mois passèrent… La pauvreté était toujours là, mais la misère semblait s'estomper comme une brume frivole. Emma et Chiara, inséparables et dotées de l'imagination de l'enfance, s'inventaient mille jeux et mille histoires… jusqu'à ce jour de printemps ensoleillé, qui resterait à jamais gris et brumeux dans la mémoire d'Emma.

La classe des filles était silencieuse. Le dos voûté sur leur cahier, les élèves étaient appliquées à faire des pleins et des déliés en prenant soin de ne pas faire de taches d'encre, quand la porte s'ouvrit sur madame Catarini, la surveillante générale. Elle entra comme un vent froid et vint susurrer quelques mots à l'oreille de la maîtresse. Discrètement, les élèves levèrent un œil… Le visage de madame Giordano, l'institutrice, avait blanchi. Elle hésita un moment avant de descendre de son estrade et de se diriger vers Emma.

— Biaggio…

La voix n'avait pas l'autorité habituelle, mais la fillette se mit presque au garde-à-vous par réflexe, en levant des yeux timides.

— Emma, vous allez accompagner madame Catarini... Madame la directrice souhaiterait vous parler.

Alentour, les plumes avaient cessé de crisser sur le papier. Une convocation chez madame la directrice n'était jamais bon signe.

— N'oubliez pas vos affaires, mademoiselle.

Sans faire plus de bruit qu'un chat aux aguets, Emma fit glisser trousse et cahier dans son sac et suivit la surveillante, tête basse, sans oser regarder ses camarades de classe, pas même Chiara.

Une fois dans le couloir, madame Catarini, petite femme sèche comme un pruneau, à la sévérité admise, posa sa main sur l'épaule d'Emma. Un geste rare d'affection qui fit frissonner la fillette.

Elles descendirent un étage, traversèrent le préau vide, désespérément vide, ce préau des jeux et des cris d'enfants, qui soudain résonnait comme un mauvais présage; elles longèrent un couloir et s'arrêtèrent devant une porte. Madame Catarini frappa, recula et disparut comme un fantôme.

— Entrez!

La main tremblante, Emma agrippa la clenche et poussa la porte.

Face à elle, bien droite devant son bureau, il y avait madame Caffarelli, le visage sec et le chignon austère. Elle portait un tailleur noir et une petite broche en forme de faisceau brillait au revers de sa veste. L'autorité incarnée.

— Bonjour, Biaggio, votre tante...

Emma tourna la tête et aperçut Valentina assise dans un coin, qui torturait un mouchoir entre ses doigts. Elle avait les yeux humides.

— Votre tante est venue vous chercher.

La fillette, désemparée, portait son regard sur l'une et l'autre des deux femmes. Que se passait-il ? L'intuition d'un malheur lui faisait mal au ventre.

Valentina se leva, un peu maladroite, et vint s'agenouiller devant sa nièce.

— Ma chérie... ma chérie, il y a eu un accident...

— Papa ?

À partir de ce moment, la douleur n'eut plus besoin de mots. Valentina se releva, prit la main de sa nièce et elles sortirent sous le regard sombre de la directrice.

Vittorio Biaggio venait d'être victime d'un violent incendie qui s'était déclaré sur son chantier. Il n'avait pas survécu à ses blessures et il laissait sa petite Emma définitivement orpheline. Triste héritage.

La fillette et sa tante rentrèrent à pied et ne prononcèrent pas un mot. Les rues ensoleillées étaient tristes, pleines de ces bruits du quotidien dont les échos prenaient à présent un accent grave. Les belles voix italiennes qui chantaient les airs enjoués de Rossini en tapant le linge sur les murs effrités, s'étranglaient en un triste requiem.

Après l'enterrement de Vittorio, la petite Emma parla de moins en moins, regardant le monde avec incompréhension. Elle fut bien sûr recueillie par sa tante et son mari Luigi, sa seule famille ; elle continua d'aller à l'école, de fréquenter ses camarades, de jouer et d'inventer des histoires avec Chiara, mais avec cette impression, mal définie pour une fillette de huit ans, qu'on lui avait volé plus encore que ses parents... Son enfance, sans doute.

Les mois qui suivirent furent de plus en plus difficiles, non seulement pour Emma qui ne trouvait pas sa place dans cette nouvelle vie sans joie, mais aussi pour Valentina et Luigi dont la situation de maçon était plus que précaire. Comme beaucoup de pays d'Europe, l'Italie était en crise et le chômage grandissant.

Un soir, derrière le rideau qui dissimulait son lit du reste de la pièce principale, Emma surprit une conversation entre sa tante et son mari. Du haut de ses huit ans, elle comprit très vite qu'elle était au cœur du problème et que sa présence pesait lourdement sur le ménage. Elle avait beau aider aux travaux de la maison et se faire discrète, elle était une bouche de plus à nourrir.

Quelques jours plus tard, la décision fut prise de l'envoyer en France, chez sa cousine Gloria. La fille de Valentina avait trouvé un bon travail dans la banlieue sud de Paris où elle était sur le point de se marier. Elle ne roulait pas sur l'or, mais sa situation était nettement plus enviable que celle de ses parents, aussi avait-elle accepté de recevoir la fillette chez elle.

Emma ne savait plus vraiment par quel sentiment elle était le plus envahie : le chagrin de quitter cette tante, peu affectueuse mais compatissante ? Le désespoir de quitter cette Rome ensoleillée, berceau de ses parents ? Le soulagement de ne plus sentir qu'elle était un boulet aux pieds de sa famille d'adoption ? L'exaltation du départ pour un autre monde ? Ou l'angoisse de devoir, seule, s'envoler vers une autre vie ? Elle était pleine de tout cela sans doute, ces émotions partagées sur lesquelles Emma ne pouvait encore mettre de mots. Malgré tout, les épreuves l'avaient fortifiée ; elle s'était blottie dans une carapace et les larmes avaient séché.

Valentina, qui était une brave femme, se rendait bien compte de l'injustice qui frappait sa nièce, de la cruauté que la vie lui imposait, si jeune. Aussi, quelques jours avant son départ pour la France, lui proposa-t-elle de l'emmener au cinéma. Une petite salle dans le quartier d'Ostiense proposait un film avec un nouvel acteur au joli minois, un certain Vittorio de Sica. *Gli uomini, che mascalzoni ! Les Hommes, quels mufles !* Un titre choc qui en disait long sur le sujet du film. Il s'agissait néanmoins d'une agréable comédie. Émerveillée par les décors naturels, séduite par la découverte de Milan et des grands lacs de l'Italie du Nord, Emma ne comprit rien à cette histoire d'amour contrarié, mais s'amusa du spectacle de ces gens totalement fous dans une Italie un peu plus cossue que celle qu'elle connaissait.

Pour la première fois, elle découvrait la magie du septième art et le rêve qu'il prodiguait.

Et il était bien beau, ce Vittorio de Sica.

*

* *

8

La race des seigneurs

— Et Alain Delon, ça vous irait, ou ce n'est pas assez populaire ?

C'était avec cette proposition étonnante aux accents de provocation que l'aventure de son dernier projet avait commencé cinq mois plus tôt. *La vérité en questions* était sa dernière trouvaille, pensée sur un coin de table et lancée comme un défi à la tête de son équipe pendant un brainstorming épuisant. Saran proposait idée sur idée sous les regards peu convaincus de ses collaborateurs. Ce jour-là, rien ne semblait trouver grâce à leurs yeux.

— Non, Paul, c'est trop sophistiqué ! Le public ne suivra pas.

— Oui, et ton idée, elle est pas réalisable !

— Je ne vois pas la ménagère de moins de cinquante ans plonger là-dedans !

— Trop confus !

— Ok, dans ces conditions je vous écoute ! C'est non à tout, ok... J'attends vos idées !

C'étaient des situations que n'aimait guère Saran, non pas qu'il considérât l'avis des membres de son équipe comme inutile, au contraire, mais cela faisait revenir en lui ce doute permanent qui le taraudait depuis toujours. Jusqu'à présent, aucun succès ne l'avait rendu sûr de lui. Question d'éducation. Il avait eu, pendant toute sa jeunesse, l'exemple de ses parents qui n'avaient jamais connu la sécurité du lendemain. Dans leur commerce, un jour ne faisait pas l'autre. Cette crainte de l'après, Saran l'avait toujours au fond de lui.

Il évacua ces pensées sombres et chevaucha de nouveau le tigre.

— Vous voulez quelque chose de simple, d'efficace, de populaire ? J'ai ce qu'il faut ! s'était-il agacé, un peu bravache.

Il voulait les provoquer, les titiller. Pour Saran, l'intuition était une forme de talent.

— Vous prenez une vedette et vous la mettez sur un plateau sous le feu des questions des téléspectateurs qui appellent en direct. Du sans-filtre, du sans-filet. La vedette doit répondre et ne pas se dérober !

Un silence lourd s'était abattu dans la pièce.

Saran regardait son équipe, l'air un peu narquois, attendant que jaillissent quelques éclats de rire.

— Génial ! Ça, c'est vif, offensif, moderne ! avait soutenu un des collaborateurs.

— Encore faut-il trouver une star assez folle, ne serait-ce qu'une seule, pour se jeter dans une arène pareille ! avait minimisé un autre.

— Mouais, pas faux... C'est un peu quitte ou double... Personne ne prendra le risque.

— Et Alain Delon, ça vous irait, ou ce n'est pas assez populaire ?

Nouveau silence... qu'avait rapidement brisé Paul Saran.

— J'ai son numéro... Je l'appelle et on sera fixé.

Les regards alentour s'étaient soudain faits plus brillants.

Il y a des noms qui sont comme des sésames, des noms qui impressionnent aussi. Paul ne se sentait jamais d'égal à égal face à une star. Il ne perdait pas de vue qu'il était là pour mettre en valeur son invité.

Quelques semaines auparavant, l'animateur avait interviewé Alain Delon et le courant entre les deux hommes était plutôt bien passé. Sous les regards impatients de toute l'équipe de production, Saran avait composé le numéro de l'icône du cinéma français. Delon avait décroché très vite et avait poliment écouté le futur présentateur de l'émission lui exposer la nature du projet. Il serait le premier invité de la saison, le parrain en quelque sorte et devrait se plier au jeu, peut-être ingrat, des questions-réponses. Un concept simple et sans fioritures : une star face à son public qui pour la première fois se dévoile sans concessions, en acceptant les risques d'un tel exercice.

Delon n'avait pas tergiversé, pas demandé de garantie, ni exigé de conditions. Le mot « risque », pour le Samouraï, était un moteur suffisant et il avait simplement demandé la date de l'événement.

— Le 19 janvier, dans six mois.

— Entendu. Venez me chercher à Orly à l'avion de 11 heures, le 19. Nous déjeunerons ensemble, vous me donnerez les derniers détails et le soir, mon cher Paul, pour la première de *La vérité en questions*, je serai là. À bientôt, Saran.

Il avait raccroché.

Le silence qui avait suivi l'intervention d'Alain Delon était encore du Alain Delon.

BANCO !

*

Cinq mois plus tard.

Téléphone à l'oreille, Paul Saran était comme un lion en cage, faisant les cent pas dans son bureau, attendant que son interlocuteur décroche.

Retour à la réalité. Une réalité où Saran se rongeait les sangs. L'émission était prévue dans quinze jours, et il n'avait plus eu aucune nouvelle de Delon. Un vague accord par téléphone cinq mois plus tôt, puis pris dans la tourmente de la préparation d'un tel « morceau » de télévision, l'animateur n'avait pas songé à assurer ses arrières.

Ça ne répondait pas ! Alain Delon ne répondait pas !

Saran ne laissa pas de message. Sa main tremblait. À présent, il était vraiment inquiet. Les pires scénarios lui traversaient l'esprit. L'oubli, bien sûr ! Que pouvait bien représenter une petite émission de télévision pour *Le Guépard* ? Pour cet aventurier du septième art ? Il avait dû accepter par politesse avant de se rendre compte de l'inanité du projet... Saran s'agaça contre lui-même... Mais de quelle inconséquence avait-il fait preuve, nom d'un chien ! Tout était prêt... Les agences de presse étaient prévenues de l'événement. Impossible de reculer.

Le téléphone sonna.

Il décrocha, fébrile.

— Paul Saran...

— Alain Delon, bonjour Paul, vous avez cherché à me joindre ? Un souci ?

— Écoutez, Alain, je... C'est au sujet de notre émission... Je n'ai pas eu de vos nouvelles et...

— On n'a pas dit le 19 janvier, 11 heures à Orly ? Vous avez un problème de chauffeur ?

— Non…

— Alors au 19 ! Adieu l'ami !

Saran se laissa tomber dans son fauteuil, en poussant un énorme soupir de soulagement.

Quel panache !

L'acteur n'avait pas qu'une *Parole de flic*, il avait aussi une parole d'homme.

Il était une fois Alain Delon !

*

* *

9

Conflit intérieur

Villejuif – 1939.

Adrien posa sa tasse de café sur la table couverte d'une toile cirée. Machinalement, il regarda le fond pour voir si les traces de marc dessinaient quelque chose… Une série de nuages, peut-être ? En face de lui, un homme un peu plus âgé le dévisageait avec une certaine sévérité. Il amorça un demi-sourire dans lequel on pouvait lire de l'agacement et un peu de dérision.

— Et tu attends quoi au juste pour ouvrir les yeux ?

Adrien posa un regard contrit sur son frère Louis.

— Je n'ai peut-être pas intérêt à les ouvrir… ni même envie !

— La politique de l'autruche ? Tu ne crois pas que nous sommes en train de payer toutes ces diplomaties inconséquentes qui, depuis des années, n'ont pas voulu voir qu'Hitler avait des envies de revanche et de conquêtes !

Adrien dodelina du chef.

— Tu ne vas tout de même pas comparer les erreurs de politique française avec mes problèmes de couple !

— Pourquoi pas ? Dans un couple, quand l'homme n'oppose pas une certaine autorité aux exigences débordantes de sa femme, la guerre peut être très vite déclarée !

— Clara ne veut pas la guerre… Simplement, je travaille toute la journée et elle s'ennuie.

Louis se leva, agacé.

— Qu'elle travaille ! Ou mieux, faites des enfants, ça l'occupera et ça lui évitera d'aller faire la pin-up sur les grands boulevards.

— Elle n'est pas prête.

— Pas prête ? Pas prête à quoi ? Elle a besoin d'une formation pour faire des enfants ? Ça fait sept ans que vous êtes mariés. Pose-toi les bonnes questions, Adrien. Avec Anna, nous avons fondé une famille tout de suite !

— Anna n'est pas Clara ! Elle pense que l'époque n'est pas bonne…

— Ah ? Parce que pour faire des enfants, il faut attendre « une bonne époque » ? Alors, bon courage.

Depuis plusieurs semaines, ces conversations entre les deux frères revenaient souvent sur le tapis. Louis Clermont, en grand frère protecteur, ne supportait pas le comportement frivole de sa belle-sœur. Elle s'affichait sans vergogne aux terrasses de café avec de jeunes hommes auxquels Louis ne voulait pas encore croire qu'elle accordait ses faveurs, mais quoi qu'il en fût, elle n'avait pas une attitude acceptable pour une jeune femme mariée.

Adrien n'aimait pas beaucoup toutes ces critiques, même s'il convenait qu'elles étaient parfois fondées. Mais Louis était son grand frère, le frère de la raison. De plus, Anna, son adorable épouse, toujours pleine de bon sens et de bienveillance, semblait, à contrecœur, partager les inquiétudes de son mari au sujet de Clara.

Mains dans les poches, la sacoche de cuir en bandoulière et le pas un peu lourd, Adrien Clermont remontait le boulevard Gambetta de Villejuif. C'était au numéro 138 que se trouvait l'immeuble qui, depuis sept ans, abritait le jeune couple. Les paroles de son frère résonnaient encore... Oui, il devait absolument avoir une conversation avec Clara.

Il grimpa quatre à quatre les trois étages, revigoré par l'idée de faire bouger les choses. Lorsqu'il entra dans l'appartement, il suivait de très près l'arrivée de son épouse qui, devant la glace du salon, ôtait une à une les épingles d'un petit chapeau à voilette. Elle portait une robe plissée de couleur grenat qui descendait jusqu'à un mollet admirablement galbé grâce au port de chaussures à talons hauts. Ses cheveux retombèrent et couvrirent la nudité de son cou.

— D'où viens-tu ? demanda Adrien.

— Je suis allée faire quelques courses, jeta-t-elle, en accompagnant sa réponse d'un petit regard furtif.

Elle était si belle...

Adrien avait envie de la prendre dans ses bras, mais...

— Tu n'as pas préparé à dîner ?

— Pas encore.

Le ton se voulait léger, presque détaché.

Il soupira, mais voulut rester calme.

— Clara, il faut qu'on parle... Cette situation ne peut plus durer.

Elle fit volte-face, un vilain rictus accroché à ses lèvres.

— Tout à fait d'accord ! Surtout si tu veux parler de *ma* situation !

— Si tu t'ennuies, je ne t'empêche pas de travailler !

— Quoi ?! Tu laisserais ta femme travailler ? Et pour faire quoi, je te prie ? Couturière ? Ouvrière ? Dactylo ? Femme de ménage ?

— Avant de faire le ménage chez les autres, il faudrait que tu apprennes à le faire chez nous !

— Salaud !

Elle le poussa durement et se rendit vers la cuisine pour passer un tablier.

Adrien avait le rouge au visage et les mains qui tremblaient, lui qui détestait les conflits. Il la suivit.

— Je ne t'oblige pas à travailler... On peut s'en sortir avec mon salaire, mais...

— Ton salaire ? Parlons-en ! Tu crois qu'avec ce que tu gagnes, on entretient correctement une femme ? Qu'on la gâte ? Qu'on la traite comme une princesse ? Qu'on la considère ?

— Tu es injuste. Je te donne tout le fruit de mon travail.

Clara vint se planter devant son mari et lui tapota la poitrine d'un doigt accusateur.

— Tu m'as escroquée, Adrien Clermont, menti et escroquée !

— Quoi ?! Tu es folle !

— Non, pas folle, la guêpe ! J'ai épousé un héritier, pas un ouvrier qui risque sa vie à zinguer le toit des autres ! Tu te souviens, quand on s'est rencontrés, la belle vie que tu me promettais ? Toi, le bon fils de famille ! Le futur propriétaire ! Résultat : depuis sept ans, rien ne bouge ! On est toujours là à vivre dans ce gourbi ! On ne sort pas ! On ne prend pas de vacances ! Et ton père, le saint homme... qui veut apprendre à ses fils la dure réalité du travail, qui se fait un point d'honneur à ne pas les privilégier, surtout pas ! Pauvres petits garçons, des fois que vous voleriez le travail d'un étranger !

Adrien restait muet, les lèvres serrées, pâles.

— Seulement, papa Clermont, continuait Clara, le saint patron, l'entrepreneur respectable, pendant que ses fils s'esquintent les mains dans les tuyauteries, lui, il joue l'héritage aux courses !

— Tais-toi ! Tu ne sais pas ce que tu dis !

— Non, je ne me tairai pas ! Non, je ne gaspillerai pas ma jeunesse dans des ménages ! Non je ne veux pas user ma beauté enfermée entre les quatre murs d'un appartement minable à te faire cuire des pâtes. Je te le dis, Adrien, n'attends pas que ton père te donne du pouvoir... Prends-le avant qu'il ne soit trop tard !

— Comment oses-tu dire une chose pareille ? D'où tiens-tu ces ragots de trottoir ?

Clara haussa les épaules et se retourna vers son fourneau.

— Je le sais, c'est tout !

*

Cette fois, c'était la bonne. Une suite de déveines de cette nature, ce n'était pas normal et les statistiques jouaient en sa faveur. À un certain moment, la roue allait tourner et il se renflouerait d'un coup !

En observant le champ de courses de Longchamp dont les gradins commençaient à se remplir, Albert Clermont tentait de se rassurer lui-même. Beau temps. Il n'avait pas plu depuis plusieurs jours, le terrain était bien sec et sur ce type de surface, *Fantômas* était imbattable. De plus, Clermont savait par l'entraîneur que le cheval serait déferré, ce qui lui apporterait une meilleure légèreté. Chez les trotteurs, c'était un détail essentiel. Une information que peu de parieurs connaissaient, ce qui mettait la bête à quatre contre un, malgré ses qualités. Quatre contre un, c'était un risque calculé. Quatre fois la mise en cas de victoire permettrait à Albert Clermont de miser le pactole dans la course suivante sur *Eskimo*. Aux courses, les fortunes ne se réalisaient qu'en sortant des sentiers battus. *Eskimo* cumulait « toutes les qualités d'un cheval qui avait tous les défauts » ! Il n'avait pas gagné une course depuis trois mois, son entraîneur cherchait à le vendre et le jockey n'était pas au mieux de sa réputation. Autant d'éléments négatifs qui mettaient le cheval à soixante contre un. Un risque conséquent, soit, mais peut-être la fortune en bout de course. Pour Albert, c'était le pari de la dernière chance. Depuis la mort de son ami, le propriétaire Edgar de Pelissy, l'année passée, un vent de malchance avait soufflé sur lui. Véritable scoumoune. Toutes ses habitudes de jeu s'étaient vues bousculées… Une perte appelant un nouveau pari, une autre perte, un autre pari, toujours de plus en plus gros, dans l'espoir de se refaire vite et bien. Mais le trou s'était creusé comme un puits, au point que cette hémorragie financière avait alerté son banquier. Une mise en garde en forme de leçon qu'Albert Clermont n'avait pas voulu entendre et le puits était devenu fosse. Il était ivre de rage, cette rage de jouer qui le rongeait chaque jour un peu plus.

Les trotteurs étaient en place.

Départ dans sept minutes. C'était le temps qu'il fallait pour parier. Les courses étant mutualisées, les cotes ne se faisaient pas à l'avance, et plus de la moitié des mises se faisaient donc cinq minutes avant le départ. Albert Clermont sortit les cinquante derniers billets qui lui restaient et les fit glisser sous le grillage du guichet. Tout sur *Fantômas* à quatre contre un !

Jumelles aux yeux, sueur au front et peur au ventre, le joueur était fébrile, partagé entre une excitation intense et la perspective outrageante de tout perdre.

Fantômas emporta brillamment cette première course, multipliant par quatre la mise d'Albert qui s'empressa aussitôt de tout mettre sur *Eskimo* dans la course suivante. À l'exception du joueur exalté, presque en transe, personne dans le public ne s'étonna de voir arriver le canasson, un hongre bai, en dernière position… soixante contre un, certes, mais surtout contre Albert Clermont.

Il courait à la ruine plus vite que *Fantômas*.

*

* *

Toi, peut-être que tu n'y es pour rien, que tu as l'impression que tu n'y es pour rien… Que ta vie ne t'a pas donné ce que tu voulais parce que je n'ai rien fait pour toi, pour t'encourager… que je n'ai pas été à la hauteur, que je n'ai pas été un exemple à suivre… Comment aurais-je pu l'être ? Mais toi, qu'as-tu fait pour moi ? T'es-tu déjà posé la question ?

Tu ne t'es jamais rendu compte du mal que tu m'avais fait… tu ne pouvais pas, bien sûr, savoir combien tu m'avais fait souffrir. Contre ton gré, évidemment, tu as été l'incarnation de ma faiblesse !

Au fond, pourquoi les enfants ne seraient-ils pas responsables du destin de leurs parents ?

…/…

10

Les samedis du Kremlin

Le Kremlin-Bicêtre – 1939.

Emma avait quinze ans et, depuis son arrivée en France huit ans plus tôt, elle avait peu à peu perdu la pratique de sa langue maternelle. Les ruines romaines parmi lesquelles elle jouait avec son amie Chiara n'étaient déjà plus pour elle que des souvenirs effacés… Des souvenirs encombrés de chagrin qu'elle avait préféré oublier. La carapace. Depuis sept ans, elle vivait avec sa cousine Gloria qui l'avait recueillie chez elle, dans une grosse bourgade du sud de la région parisienne qui s'appelait le Kremlin-Bicêtre. Un nom étrange, qui semblait sonner comme une cloche de l'Union soviétique… Pourtant non, cela provenait en réalité de l'enseigne d'une auberge tenue par un ancien grognard de la campagne de Russie, *Au sergent du Kremlin*. Mais plus étonnant encore que ce mot de Kremlin, c'était sa liaison au mot « Bicêtre » qui signifie en vieux français « triste sort » ou « infortune ». Nouvelle coïncidence et nouvelle réalité qui donnaient à cette jeune Emma une terre d'accueil au nom si prédestiné… Car pour elle, l'infortune n'était pas un vain mot. Après cette enfance italienne faite de deuil et de larmes, elle se retrouvait chez sa cousine comme chez sa tante, un autre poids, une autre bouche à nourrir. La petite Romaine qui ne savait pas mettre des mots sur son chagrin s'était transformée en une adolescente qui mesurait combien elle manquait de considération et d'amour. Sa cousine Gloria était complaisante, certes, mais elle n'avait jamais montré à son endroit d'attention particulière. Aucune tendresse qui aurait pu se substituer aux caresses aimantes d'une mère. Elle l'avait accueillie parce que c'était son devoir familial de le faire, mais jamais l'affection n'avait supplanté le devoir. Pouvait-on pour autant en vouloir à cette jeune femme qui n'avait malgré tout que vingt-trois ans et le droit, à cet âge, d'être un peu égoïste ?

Emma parlait peu, mais aidait beaucoup. Gloria avait décroché un poste de comptable dans un petit garage de la place d'Italie qui lui permettait d'assurer le quotidien sans excès, aussi Emma l'aidait-elle au maximum dans les tâches ménagères. Les heures d'école y étaient bien souvent sacrifiées. Une école où le poids de la différence avait lourdement pesé sur ses épaules de petite immigrée à l'accent roulant et aux phrases approximatives. Elle s'intégra rapidement en parlant peu et en écoutant beaucoup, avec l'ardent désir de se fondre dans la masse, de ne pas être remarquée, de ne pas être celle qu'on pointe du doigt, quitte à être transparente. Cela lui fit les heures longues jusqu'à l'adolescence, d'autant qu'elle comprit assez vite à quel type de tâches elle serait destinée… La couture et les ménages feraient son quotidien.

Une fois ses premiers émois de jeune fille apparus, très vite l'envie de quitter ce giron artificiel, où elle n'avait jamais trouvé véritablement sa place, se fit ressentir. Une envie d'évasion, une envie de vouloir voler de ses propres ailes.

Mais comment faire ? Où aller ? De plus, elle sentait que son désir de fuite correspondait à la volonté de sa cousine de la voir partir. Non pas que Gloria lui exprimât ouvertement qu'elle fut de trop, mais les soupirs d'agacement à répétition ou les dîners faits de longs silences pesants parlaient d'eux-mêmes. Un soir, brisant le mutisme ambiant :

— Que comptes-tu faire de ta vie, Emma ?

La question était tombée comme un couperet, une question lourde de sens. Que pouvait-elle répondre ? Que pouvait-on faire d'une vie ? Quelles options s'offraient à elle ? Elle n'était pas destinée à faire des études, elle ne connaissait personne, et cuisine et ménage étaient ses seules expériences du travail.

Gloria regardait sa nièce intensément, en triturant sa mie de pain. Elle avait visiblement une idée derrière la tête.

— Tu sais, Emma… tous les samedis, à la mairie, il y a une permanence… pour les immigrés italiens.

Immigrés italiens ?

Emma ne répondit pas, mais depuis sept ans qu'elle était en France, elle avait tout fait pour ne pas être une immigrée italienne. Son accent avait pratiquement disparu, et plus rien ou presque ne la différenciait d'une petite Française.

— Tu pourrais aller faire un tour là-bas, continua Gloria. Tu sais que c'est comme ça que j'ai trouvé mon travail au garage.

Emma hocha de la tête et replongea dans sa soupe.

Depuis le début du siècle, la France avait vu l'arrivée massive d'Italiens fuyant la misère de leur pays, bientôt rejoints par les communistes ne voulant plus subir le joug fasciste. Pour des raisons de proximité géographique, ce fut d'abord le Sud-Est qui les accueillit, puis le Nord avec le développement intensif des bassins de houilles, la Lorraine avec son essor industriel et aussi le Sud-Ouest sur les terres agricoles délaissées par les populations locales. Des essaims d'Italiens comme autant d'abeilles besogneuses s'étaient répandus sur tout le territoire français. La région parisienne n'en fut pas exempte, rendue attractive grâce au développement du chemin de fer.

C'était en priorité les réseaux familiaux qui structuraient le courant migratoire... Un parent s'installait en « éclaireur », trouvait un logement et un emploi avant d'être rejoint par des proches. Gloria et Emma étaient le profil type de ces émigrés qui fuyaient la misère de leur pays. Naturellement, ils se regroupaient entre eux pour alléger le poids de la nostalgie, sécher plus vite les larmes du déracinement... Car si l'exil forcé n'avait qu'une vertu, c'était celle, sans doute, de l'entraide. Mais ces « petites Italies » qui florissaient un peu partout sur le territoire national généraient souvent dans le monde du travail un ostracisme violent et un rejet de l'« envahisseur » ; aussi, les collectivités locales des régions françaises les plus industrieuses avaient-elles mis en place des comités d'intégration qui permettaient aux exilés de s'insérer plus rapidement.

Emma releva la tête.

— Mais, Gloria... Je ne me sens plus italienne.

— Mais tu l'es ! Et à quinze ans, il est temps que tu penses à notre... à ton avenir.

— Oui... tu as raison, Gloria... Je vais essayer de trouver une place... *ma* place.

Le samedi suivant, par une belle journée de printemps, Emma se rendit à la mairie du Kremlin-Bicêtre pour assister à l'une de ces réunions d'Italiens. Elle avait mis une jolie robe à fleurs et un peu de noir à ses yeux. Dans le bâtiment administratif de la place Jean-Jaurès, une salle avait été mise à disposition des immigrés. Timide, elle pénétra dans cette grande pièce bruyante où les accents chantaient tout le soleil de l'Italie. À peine était-elle entrée qu'elle fut saisie aux narines… une fragrance particulière, acidulée, chaude, qui la transporta aussitôt dans un passé étouffé. Un kaléidoscope d'images et de sensations la parcourut, composé de flashs colorés où elle revit le visage poupin de son amie Chiara qui se mêlait à celui, rieur, de Lorenzo, le vendeur de pâtes ; puis la silhouette sombre de la directrice de l'école apparut, aussitôt avalée par l'image de son père qui dormait dans son lit avec son éternel tricot de peau usé… Le sourire qu'amorça Emma fut chassé par une autre odeur, une odeur de brûlé.

— *Della torta, ragazza ? È troppo cotto ma è buono*[1].

Une *mamma* lui souriait en lui présentant une assiette avec une part de gâteau.

Emma accepta.

— *Grazie mille.*

La réponse en italien lui était venue naturellement, elle qui ne le parlait plus depuis si longtemps. Plusieurs jeunes femmes vinrent vers elle pour se présenter et lui poser des questions. Certaines parlaient français, d'autres l'idiome de leur terre natale. Il régnait dans l'endroit une sorte d'euphorie où les rires fusaient sans artifices. Les fenêtres étaient ouvertes et le soleil s'invitait dans la partie. Les hommes, pour la plupart souvent jeunes, se tenaient un peu à l'écart et fumaient cigarette sur cigarette pour se donner une contenance. Chacun ici cherchait un petit bout d'Italie et parlait, qui de son village, qui de sa famille… Les femmes surtout. Les hommes, plus taiseux,

1. « Il est trop cuit mais il est bon. »

venaient plutôt pour chercher du travail ou un logement, car ici le bouche-à-oreille était l'essentiel. Telle femme de ménage connaissait un appartement qui se libérait, telle autre avait entendu parler d'un patron qui cherchait des ouvriers dans le bâtiment…

Plusieurs semaines durant, Emma était revenue et cette visite hebdomadaire était devenue son rendez-vous du samedi où, pendant deux ou trois heures, elle se replongeait dans cette Italie perdue que bien souvent elle ne reconnaissait pas.

Jusqu'au jour où un jeune homme était entré dans la salle. Il devait avoir une vingtaine d'années. Il se tenait bien droit, bien fier… Emma avait été surprise parce qu'il ne portait pas de casquette, comme le faisaient généralement les autres hommes. Ses cheveux noir de jais étaient plaqués en arrière, luisant comme les ailes d'un corbeau. Il avait le front haut et ses sourcils, bien dessinés et fournis, surplombaient deux grands yeux noirs au regard de velours. Regard qui croisa celui d'Emma. Elle baissa les yeux. Puis les releva. Il lui souriait… un sourire avec une fossette sur la joue gauche. Il portait aussi une fine moustache qui le vieillissait, mais lui donnait une certaine élégance cinématographique. Emma revit alors l'image de Vittorio de Sica dans le film que sa tante Valentina l'avait emmenée voir à Rome quelques jours avant son départ pour la France… Quel était le titre déjà ? Ah oui… *Gli uomini, che mascalzoni ! Les hommes, quels mufles !*… Mais il était trop tard. Elle était tombée sous le charme du jeune Roberto Corti qui, elle l'apprendrait un peu plus tard, était comme elle naturalisé français.

*

* *

11

Vers l'espérance…

Une fois de plus, Roberto avait quitté son travail. Une nouvelle humeur, un nouveau coup de tête. Il ne supportait plus l'autorité des patrons arrogants qui cherchaient toujours à l'exploiter. Il les connaissait tous ces ingrats pleins de pognon qui voulaient l'exploiter parce qu'il était italien, jeune et pauvre. Mais lui, il ne marchait pas ! Il ne marchait plus ! Il n'était pas question qu'on le piétine… Il avait sa fierté ! Les « Ritals » peuvent tout faire ! Combien de fois n'avait-il pas entendu cette phrase aboyée, crachée, prétexte à l'envoyer sur les pires chantiers pour y faire les besognes les plus dégradantes !

Il marchait dans la rue, bougonnant dans sa barbe. Il regarda sa montre… Il était 17 heures. Il avait rendez-vous avec sa sœur Clara dans un café de la Butte-aux-Cailles, au bout de la rue de l'Espérance, où il avait, depuis peu, trouvé un appartement. Il déambula, les mains dans les poches comme un véritable gavroche de la Commune, jusqu'à la place Paul-Verlaine. Il passa devant les établissements balnéaires du quartier et grimpa jusqu'au petit terre-plein où étaient disposées une dizaine de tables de bistrot bien ombragées.

Il aperçut Clara en pleine conversation avec un homme d'âge mûr doté d'une silhouette ventripotente et d'un crâne dégarni. En voyant arriver Roberto vers eux, l'inconnu se leva précipitamment, jeta un billet sur la table et fila vers l'autre côté de la place. Clara, resplendissante dans une robe rouge au décolleté affriolant, souriait en sirotant un verre de vin blanc.

— Tu n'es pas un peu en avance ? grogna-t-elle sans agressivité.

Roberto se pencha et l'embrassa sur le front.

— J'ai lâché l'affaire !

— Encore ?

— *Un capo stupido* !

— Pour toi, tous les patrons sont des idiots ! Ce n'est pas comme ça, mon Roberto, que tu vas te faire une situation. Il faut que tu mettes un peu d'eau dans ton vin.

Il haussa les épaules en faisant un signe du menton en direction du gros homme qui filait à l'anglaise.

— Et toi, tu en mets de l'eau dans ton vin ?

— Je ne vois pas ce que tu veux dire…

— Ne me prends pas pour *un imbecille !* Le type avec qui tu étais…

— Ça ne te regarde pas…

— Ils sont de plus en plus moches, j'espère au moins qu'ils sont de plus en plus riches, *più ricco* !

— Monsieur Barnave est une relation professionnelle de mon beau-père.

— Ton beau-père ? Tu lui sers d'entremetteuse maintenant ? Ah, les richards, c'est vraiment des ordures !

— Ne dis pas n'importe quoi ! Le père Clermont va certainement revendre sa société de plomberie.

— Quoi ?!

— Il a tellement perdu aux courses ces derniers temps qu'il est presque sur la paille.

Roberto Corti ne put s'empêcher d'éclater de rire.

— Je ne vois pas ce qu'il y a de drôle.

— Je trouve qu'il y a une justice, voilà tout !

— Une justice ? Quelle justice ? Tu crois que sa chute va être le début de ton ascension, peut-être ? Tu raisonnes vraiment comme une cloche fêlée !

— Oh, dis donc, *mia sorella*, doucement les basses ! Je dis simplement que ça peut pas faire de mal à ces gens-là de voir ce que nous, on vit au quotidien !

— Mon pauvre Roberto, tu réfléchis comme un gagne-petit ! Ce sont les riches qui peuvent t'aider à grimper... Sans eux, tu resteras en bas de l'échelle.

Le frère ricana encore, l'air cynique.

— Dans ce cas, c'était le père qu'il fallait épouser, pas le fils ! Qu'est-ce qu'il va devenir ton Adrien ?

— Je pense qu'il va rester dans la boîte comme employé... Ça ne changera pas grand-chose.

— Pourquoi qu'il rachète pas la boîte *del padre* ?

— Avec quel argent ?

— Et son frère ?

— Louis ? C'est pareil... Et puis, connaissant l'orgueil du père Clermont, il ne laisserait pas ses fils racheter son affaire.

— C'est con.

Roberto leva un bras en direction du serveur et commanda un p'tit blanc pour accompagner sa sœur.

— Tu sais qui va racheter, finalement ?

— Oui, un des gros clients de la boîte... Monsieur Barnave.

Une lueur amusée s'alluma dans le regard du jeune loup.

— D'accord… Donc toi, tu bois des coups avec le futur patron de ton mari ! Bien vu, *ragazza*… Tu perds pas le nord.

À l'ombre des platanes, rafraîchis par la volupté d'un vin bien frais, le frère et la sœur, très complices, continuèrent de faire l'état des lieux de leur vie respective. Roberto, porté par sa jeunesse fougueuse et sa détestation des capitalistes, envisageait d'adhérer au parti communiste, contre l'avis de Clara qui voyait chez ces idéologues rouges et belliqueux un manque d'ambition.

Fomenter des grèves debout sur un tonneau était, selon elle, moins efficace que de convaincre un patron, en lui accordant ses faveurs.

Roberto, que la morale n'étouffait pas plus que cela, ne vit rien de particulièrement choquant dans les propos de sa sœur.

Avant de la quitter, car elle devait prendre un bus pour entrer à Villejuif préparer le dîner pour son plombier de mari, il lui proposa de venir voir son nouvel appartement qu'il avait obtenu grâce à une rencontre au comité d'intégration du Kremlin-Bicêtre. Il habitait à trois cents mètres de la place Paul-Verlaine, rue de l'Espérance, dans un petit immeuble de trois étages, plutôt confortable et très tranquille. Clara trouva l'endroit charmant, beaucoup plus agréable que l'appartement de Villejuif qui commençait à lui sortir par les yeux.

— Pourquoi vous ne viendriez pas camper ici avec Adrien ? suggéra Roberto. Je sais que mon voisin du dessous se tire dans deux ou trois mois… Ce serait une chouette idée, non ? Et c'est pas cher.

Voilà un argument que Clara était susceptible d'entendre, mais surtout la perspective de venir vivre à Paris était en soi une forme d'élévation sociale dont elle saurait tirer le meilleur parti.

— Je vais y réfléchir et en parler à Adrien... Il ne sera peut-être pas mécontent de tourner la page lui aussi.

Clara n'imaginait pas à quel point une page allait se tourner... Et le monde entier la tournerait avec elle, cette page !

*

* *

12

Drôle de guerre

Front de l'Est français – novembre 1939.

Le 3 septembre 1939, à 17 heures, un monde avait basculé. Répondant à l'invasion de la Pologne par l'Allemagne, la France avait déclaré la guerre au Troisième Reich.

Adrien Clermont, comme cinq millions de ses concitoyens, avait été mobilisé au lendemain de la déclaration de guerre. Il avait à nouveau endossé le costume de cavalier, lâché en 1931 à l'issue de ses deux ans de service militaire. Il n'était pas parti de gaîté de cœur, mais il n'avait pas non plus traîné les pieds. Les exigences allemandes relayées par la presse internationale depuis des mois et notamment depuis la crise des Sudètes en septembre 1938, avaient épuisé les patiences françaises et aiguisé leur colère. Les esprits échauffés étaient partis pour refroidir ceux des Allemands…

Toutefois, les semaines passant, le désir d'en découdre s'était sérieusement émoussé, le haut commandement s'expliquant trop peu sur cette étrange stratégie de l'attente. Peu à peu, la lassitude avait gagné les troupes et un grand nombre d'unités furent frappées d'une sorte de dépression collective.

Indiscipline pour certains, vandalisme pour d'autres, mais pour beaucoup, l'alcoolisme, ce fléau des tranchées de 1914 qu'Albert Clermont avait si souvent décrit à ses garçons, les dimanches où il ne jouait pas aux courses. Adrien, lui, essayait de tenir le choc et de ne pas s'égarer dans des ornières sans issue. Heureusement, les autorités militaires avaient tout fait pour remettre les hommes au travail, faute de combat. Adrien, en bon bricoleur qu'il était, avait trouvé un certain contentement à la construction des fortifications de campagne. Le temps était passé plus vite au cours de ce que l'écrivain et journaliste Roland Dorgelès[1] avait appelé la *drôle de guerre* et les Anglais la « *bore war* » (guerre de l'ennui). Une guerre sans guerre ou presque. La ligne Maginot et la ligne Siegfried se faisaient face dans un silence de mort. Les batailles épiques et héroïques aux hécatombes sanglantes attendues courageusement n'étaient pas au rendez-vous.

Assis sur son petit muret de pierres, Adrien « dégustait » sa boîte de « singe » en observant le ciel. C'était là, dans ce champ de nuages cotonneux, que se jouaient les seuls véritables combats. Un ciel violent où les pilotes n'étaient pas à la fête, tandis qu'au sol, la détente s'installait, s'enterrait, s'éternisait. Entre deux travaux de terrassement, Adrien songeait à ce qu'il venait de quitter… Sa famille, son petit appartement nouvellement acquis rue de l'Espérance, son travail au sein des Établissements Clermont qui étaient devenus les Établissements Barnave… Cela lui faisait tout drôle, à Adrien, de penser que cette entreprise qui avait toujours porté son nom avait été rebaptisée. Avec son frère Louis, une fois l'effet de

1. Roland Dorgelès (1885-1973), membre de l'académie Goncourt, auteur d'une œuvre conséquente, notamment du roman *Les Croix de bois* (1919).

surprise passé, c'était la colère qui avait jailli, la colère contre ce père qui, non seulement avait agi égoïstement, mais n'avait pas eu la noblesse ou simplement le courage de demander de l'aide à ses propres fils ! Ruiné pour quelques casaques mal choisies... Quelle misère ! Bien sûr, il y avait Clara aussi, qu'il avait laissée seule avec ses démons... Il aurait bien demandé à son beau-frère Roberto de prendre soin d'elle, sans parler de la surveiller... Les Italiens n'étaient-ils pas très à cheval sur les questions d'honneur et de famille ? Seulement voilà, Roberto Corti aussi avait été mobilisé. Lui avait été envoyé vers les meilleures unités, celles des régiments de forteresse de la ligne Maginot qui avaient participé à l'offensive de la Sarre. Adrien, sans mauvais esprit, en souriait presque en songeant au pauvre Roberto, rétif à l'autorité autant que partisan du moindre effort. Dans le travail, le gamin n'avait jamais été un foudre de guerre... pas de raison qu'à la guerre, il fût un foudre de travail ! C'était par une lettre de Clara qu'Adrien avait eu des nouvelles de son beau-frère. Sa compagnie avait pénétré en Allemagne d'une dizaine de kilomètres sans rencontrer beaucoup de résistance, mais un certain nombre de ses camarades avaient, sous ses yeux, sauté sur les mines et les pièges allemands. Sous l'assaut d'une Wehrmacht reconstituée sur l'ouest, les unités françaises s'étaient repliées, perdant des dizaines de chars sur les terrains minés. Cette onzième division, la division de fer avait été écrasée, laminée, et Roberto avait fait partie des quelques survivants. On l'avait ensuite ventilé dans une autre batterie où il avait connu, comme Adrien, la passivité de la drôle de guerre jusqu'en mai 1940, date fatidique où les Allemands entraient en Belgique, traversaient le Luxembourg et opéraient la percée de Sedan.

— On repart les gars !

La pause était finie. Adrien lâcha sa fourchette, rangea son barda et remisa ses réflexions pour plus tard. Il attrapa son fusil et grimpa à l'arrière de l'automitrailleuse.

Cette fois, la « drôle » de guerre avait perdu son épithète.

En tant que simple cavalier, Adrien avait été affecté à la troisième division légère de cavalerie (DLC), nouvellement créée en février 1940 et totalement motorisée... Il s'était retrouvé dans la section des blindés de découverte comme mécanicien dans une automitrailleuse (Panhard AMD 35P). La DLC avait pour mission de retarder les Allemands dans les Ardennes sous le commandement du général Petiet. Adrien ne s'était pas senti très à l'aise dans ses nouvelles fonctions, lui qui avait, quelques années plus tôt, fièrement incorporé une compagnie de cavalerie à l'ancienne. L'odeur de l'huile avait remplacé celle du crottin.

La cohorte de blindés fonça vers la frontière du Luxembourg pour couper la route aux chars de la Wehrmacht et couvrir l'exécution des destructions de ponts ou de centrales électriques qui pouvaient faire le jeu de l'ennemi.

Quels que furent le courage des soldats français et la détermination de certains officiers, l'armée française, mal préparée, fut très vite repoussée par les chars du général Guderian, le Rommel du Nord. Ces fameuses Ardennes « infranchissables » et « impénétrables », selon les propres mots du maréchal Pétain, furent franchies et traversées de part en part. La troisième division légère de cavalerie se replia jusqu'à Laon où elle parvint à ralentir quelque peu la progression allemande tout en soutenant l'offensive blindée du colonel Charles de Gaulle.

L'unité d'Adrien fut néanmoins totalement défaite dans la région de l'Aisne, et lui et ses compagnons d'infortune allèrent gonfler les rangs des centaines de milliers de prisonniers qui s'entassaient déjà dans les *frontstalags*, camps de fortune installés sur les zones occupées.

De cette guerre « drôle » puis « folle », Adrien Clermont allait garder d'étranges souvenirs, faits d'ennui, d'attente, peut-être aussi d'amertume. Adrien était un homme d'honneur et de convictions, et il aurait été prêt à défendre les valeurs de la République qui lui étaient chères, de toute son âme, mais l'incurie des gouvernements successifs lui avait-elle laissé le choix, à lui et à ses camarades ? Lui avait-on donné les armes pour se battre ? Il ne se sentait pas responsable de la défaite, de la débâcle... Il était juste un fétu de paille écrasé sous la botte allemande parce que rien n'avait été préparé, ni vu, ni compris.

Adrien resta encore quelques semaines coincé entre les barbelés d'un camp à se demander à quel destin sa vie serait vouée. L'enverrait-on en Allemagne vers un *oflag* « donner ses bras contre le sang des soldats allemands », comme le martelait la propagande, ou resterait-il un simple prisonnier de guerre inutile ?

À l'arrêt des hostilités et une fois l'armistice signé, le 22 juin 1940, dans la forêt de Compiègne, le maréchal Pétain nomma Georges Scapini chef du service diplomatique des prisonniers de guerre pour s'assurer du sort des soldats internés. Si l'action de cet ambassadeur ne fut pas toujours bien perçue des prisonniers, ses négociations permirent cependant le retour anticipé d'un certain nombre de prisonniers, dont fit partie le jeune Clermont.

À l'automne 1940, après un voyage mouvementé en raison de l'exode qui avait chamboulé toute l'organisation des transports en France, Adrien rentra au pays. Ce fut un soulagement pour tout le monde.

Pendant ces longs mois d'absence, Clara était restée seule dans l'appartement de la rue de l'Espérance, mais l'arrivée imminente des Allemands, comme beaucoup de ses voisins, l'avait mise en panique et elle avait voulu se jeter sur les routes avec sa famille italienne afin de gagner le sud et pourquoi pas l'Italie. Sa belle-mère, Philomène Clermont, l'en avait dissuadée, lui proposant de l'héberger jusqu'au retour d'Adrien. On aviserait en fonction des événements.

Ce fut pendant une journée chaude d'octobre 1940 qu'Adrien poussa les battants du grand portail de la maison de ville de ses parents, à Villejuif.

Le fils était de retour.

*

* *

13

Paul Saran fait de la résistance

Dans la rue, l'agitation est totale. Les Allemands en vert-de-gris courent partout, fébriles. Le portail de l'hôtel particulier s'ouvre à double battant pour laisser entrer à reculons un camion bâché. Un officier vociférant tente de guider le chauffeur maladroitement. Trop tard, le camion percute une statue en marbre qui trône au centre de la cour. Le buste s'effondre et se brise, la tête roule comme dans une exécution de la Terreur.

— Bravo la statue ! Bravo ! Marchez dedans, ça porte bonheur !

L'officier allemand lève les yeux pour apercevoir, au dernier étage de la demeure, un vieux Français ébouriffé qui les arrose de son mépris.

— C'est un Schleu que vous avez bousillé, c'est Beethoven ! Vous êtes des ânes !

D'autres silhouettes apparaissent sur le balcon à l'étage inférieur.

— S'il vous plaît, papy, restez poli, on va encore avoir des ennuis ! prévient une jeune femme avec un chignon.

— Mais oui, voyons, ajoute une bourgeoise un peu collet monté, il suffit de lui expliquer gentiment, à ce brave officier.

En bas, les Allemands s'agitent, s'agacent... Quelques ordres sont aboyés et sous le commandement de l'officier en question une petite escouade armée jusqu'aux dents pénètre en courant dans l'hôtel particulier.

— Mais que font-ils ? s'étonne, ingénue, la bourgeoise.

— Ils montent vous expliquer gentiment ! souligne le papy.

Fondu au noir.

Les lumières de la salle s'allumèrent et les applaudissements se mêlèrent aux rires.

L'écran géant redevenu blanc, Paul Saran arriva sur scène. Les applaudissements redoublèrent. Il salua ce public qu'il aimait tant et qui depuis plusieurs années le suivait et lui faisait confiance, émission après émission, défi après défi.

— Chers amis, merci pour la chaleur de vos applaudissements, de votre enthousiasme et de votre fidélité... Merci d'être aussi nombreux, je le sais, devant votre écran de télévision pour découvrir notre nouvelle émission : *Le bonheur à votre porte*... Pour cette soirée, il va y avoir des surprises, beaucoup de surprises et des artistes que nous aimons tous et qui nous font rêver.

Saran leva un bras vers l'écran.

— Il y a quelques secondes, nous venons de voir un court extrait d'un film formidable qui sortira en salles dans quelques jours seulement, *Papy fait de la résistance*. Une comédie hilarante qui se déroule pendant l'occupation allemande, signée Jean-Marie Poiré. Ce film a pu voir le jour grâce à un homme exceptionnel, que vous ne connaissez peut-être pas, car il est de ces hommes de l'ombre sans lesquels les projets ne se font pas, l'homme des chiffres autant que des audaces... Et c'est aussi grâce à lui que nous avons pu réaliser pour vous ce soir une véritable folie ! Je vous demande d'applaudir monsieur Christian Fechner.

Le public répondit à l'apparition d'un quarantenaire souriant.

— Cher Christian, merci de votre présence et de votre talent. Vous nous offrez là, avec *Papy fait de la résistance*, un film populaire dans la meilleure tradition du genre.

— Tout d'abord, un grand merci, Paul, pour votre accueil chaleureux et ce moment exceptionnel que vous nous offrez…

— Toute l'équipe du *Bonheur à votre porte* en est heureuse, rebondit Saran.

— Pour commencer, j'aimerais rendre un nouvel hommage à l'homme sans lequel, véritablement, le film, *ce* film, n'aurait pas pu se faire ni même se concevoir… Il s'agit de Louis de Funès.

La salle se mit à applaudir à tout rompre. Louis de Funès, mort quelques mois plus tôt, était dans tous les cœurs des Français. Il y avait rejoint Fernandel et Bourvil. Le panthéon des belles âmes qui n'avaient eu comme noble ambition que de faire rire leurs contemporains.

— C'est grâce à Louis, reprit Christian Fechner, que la pièce écrite par Martin Lamotte et Christian Clavier a pu se concevoir pour le cinéma. C'était une adaptation qui demandait de gros moyens afin d'en faire un film à grand spectacle. C'était le souhait des auteurs.

— Vous aviez donc besoin d'un grand nom pour la tête d'affiche…

— Exactement, et nous sommes tous tombés d'accord sur le choix de Louis qui avait beaucoup apprécié la pièce. J'avais produit quatre de ses derniers films…

— On les rappelle : *L'Aile ou la Cuisse*, *La Zizanie*, *L'Avare*…

— Et *La Soupe aux choux*, oui.

— Et quel rôle devait-il jouer ?

— À la mort de Louis, ce n'était pas encore totalement décidé, mais il est probable qu'il aurait endossé les habits du papy…

— Qui est joué par Michel Galabru.

— Oui. Bien sûr, le rôle aurait été écrit différemment pour de Funès. Le film lui est d'ailleurs dédié.

Nouveaux applaudissements nourris.

— Mais le tour de force, si vous permettez Christian, reprit Saran, c'est la distribution du film ! On a l'impression que tout le cinéma français a voulu participer !

Sourire.

— Non… Nous n'avons pas réussi à convaincre tout le monde.

Rires.

— Mais je crois que depuis *Paris brûle-t-il ?*, de René Clément, aucun film français n'avait eu une telle distribution, convint le producteur. Le moindre petit rôle a été confié à une vedette.

Paul Saran se tourna vers le public et la caméra.

— Eh bien, mesdames et messieurs… Ce soir, quelques comédiens ont accepté de venir nous parler du film… Et quand je dis quelques comédiens… Mesdames et messieurs, pour *Le bonheur est à votre porte*, ils sont TOUS là !

Au fond de la scène, le rideau s'ouvrit pour laisser apparaître l'équipe du film au grand complet.

Un tonnerre d'applaudissements secoua la salle, accompagné de cris de surprise.

Jacqueline Maillan, Michel Galabru, Jean Carmet, Jacques Villeret, Christian Clavier, Dominique Lavanant, Pauline Laffont, Martin Lamotte, Roland Giraud, Gérard Jugnot,

Thierry Lhermitte… La rencontre entre deux générations d'acteurs… L'équipe du Splendid et l'ancienne garde toujours en poste !

Un plateau d'exception.

Une soirée de triomphe.

Les *spot lights* se sont éteints, la salle est vide, les couloirs silencieux. Paul Saran est dans sa loge, épuisé mais heureux, conscient que lui et son équipe ont réussi une belle soirée de télévision. Un moment magnifique, d'autant plus magnifique que les parents de Paul étaient dans la salle. Sans doute sa plus belle récompense. Il songe aux yeux brillants d'émotion de sa mère et au sourire de son père. Saran a envie de croire qu'il y avait dans ces yeux-là de l'admiration, du moins de la fierté. Michel Serrault, Jean Carmet, Jacqueline Maillan sont des artistes de leur jeunesse qu'ils ont aimés, admirés… et ce soir, grâce à leur fils, ils les ont rencontrés. Il n'y a aucune vanité chez Saran, pas d'orgueil mal placé, juste le sentiment profond d'un fils qui dit merci à ses parents pour leur présence. C'est un moment de partage qui lui donne le sentiment que sa véritable réussite se trouve là, dans cette union magnifique.

Il savait bien que cette guerre, cette Résistance, que parodiaient ces artistes facétieux, peu de gens l'avaient vécue avec le sourire aux lèvres, mais au sein d'une population de quarante millions de Français écrasés sous la férule allemande, un peu égoïstement, il y en avait surtout deux, qui lui tenaient particulièrement à cœur.

*

* *

14

Le drapeau noir sur la marmite

Rue de l'Espérance – 1941.

Depuis le 14 juin 1940, les Allemands étaient dans Paris et le drapeau nazi flottait sur l'Arc de Triomphe comme le drapeau noir sur la marmite. Les soldats du Reich s'étaient déployés dans une ville ouverte, sans combat, et avaient pris calmement possession des lieux, se réservant les meilleurs endroits selon deux critères principaux : que les bâtiments fussent haussmanniens en raison de leur confort et qu'ils possédassent deux entrées distinctes en cas d'attaque surprise.

Suite à l'exode sauvage, la capitale s'était vue amputée des deux tiers de ses habitants. Après la première stupeur passée, la vie avait peu à peu repris son cours, comme une eau empêchée retrouve son flux. Les uniformes vert-de-gris poussaient à chaque coin de rue telles de mauvaises plantes invasives ; les étendards à croix gammée remplaçaient partout le drapeau tricolore de la République ; les panneaux indicateurs ne se lisaient plus qu'en allemand et les horloges étaient réglées sur l'heure de Berlin.

Clara et Adrien Clermont avaient réintégré l'appartement de la rue de l'Espérance dans une monotonie pesante. Les relations de couple ne s'étaient guère améliorées et l'absence du deuxième classe Clermont au cours de l'année 1940 ne semblait pas avoir guéri Clara de ses escapades et de ses ambitions coquettes. Elle s'était peut-être quelque peu assagie pendant son séjour chez ses beaux-parents, mais le naturel n'avait pas été chassé bien longtemps.

Adrien avait retrouvé sa place au sein des employés des Établissements Barnave, anciennement Clermont. Ceux-ci avaient été réquisitionnés par les Allemands, afin de maintenir le bon fonctionnement des sanitaires dans les hôtels parisiens choisis parmi les plus chics et qui leur servaient de quartier général.

Monsieur Barnave, le nouveau propriétaire, était un homme plutôt affable avec un sourire permanent accroché au visage, comme une enseigne qui vendrait du bonheur. Malgré cette bonhommie apparente, Adrien n'arrivait pas à cerner le personnage. Il voyait plutôt dans ce faciès faussement rigolard un entrepreneur hypocrite et un patron sournois. Ses regards par en dessous et sa poignée de main humide ne le mettaient pas en confiance. Barnave semblait néanmoins prendre des pincettes à son endroit. Certainement parce qu'il était le fils de l'ancien propriétaire. Son frère Louis, qui avait échappé au travail obligatoire en Allemagne car soutien de famille, s'occupait de la plomberie de la Salpêtrière, devenu un hôpital réservé aux seuls Allemands. Adrien, lui, avait été chargé des sanitaires de l'hôtel *Lutetia*. C'était là que l'*Abwehr* avait élu domicile.

— L'*Abwehr*? Qu'est-ce que c'est, ça, l'*Abwehr*? s'était inquiétée Clara.

— Je crois qu'il s'agit du Renseignement allemand, avait répondu Adrien, une sorte de service secret.

— C'est bien, ça ?

— C'est-à-dire ?

— Pour toi ? C'est bien ?

Adrien avait soupiré. Quelle frivolité ! Mais qu'avait-elle donc dans la tête ? Il allait travailler pour les Allemands qui occupaient Paris, envahissaient la France ! C'était la guerre... Que pouvait-il y avoir de bien pour lui... et pour les autres ?

Elle minaudait, faisait des manières. Elle se disait que si Adrien travaillait avec le gratin teuton, il pourrait y trouver des avantages.

Chaque jour, la sacoche en bandoulière sur sa salopette de travail et la casquette vissée sur le sommet du crâne, Adrien se rendait à vélo au *Lutetia*, au croisement du boulevard Raspail et de la rue de Sèvres, pour y effectuer son travail de routine. Les journées étaient longues et il passait parfois des heures entières à attendre dans le petit réduit qui lui était alloué, en regardant passer des officiers affairés, les bras chargés de papier. Parfois, en fin de journée, quand Adrien rentrait à Villejuif au siège des Établissements Barnave pour y déposer son matériel, Clara l'y attendait, pimpante et maquillée. Le jeune plombier-zingueur voulait voir dans ces attentions particulières la maturité d'une femme responsable et peut-être un peu amoureuse. Ils repartaient bras dessus, bras dessous sous le sourire cauteleux du ventripotent Barnave.

Les mois passèrent sans joie ni tragédie. Les denrées se faisaient de plus en plus rares, les files d'attente devant les commerces de plus en plus longues ; les rideaux de fer des boutiques tombaient avant la nuit et le Paris du couvre-feu retrouvait un silence antédiluvien, dérangé sporadiquement par des sirènes d'alerte.

Heureusement, une bonne nouvelle n'allait pas tarder à poindre dans ce monde entre parenthèses : le mariage de Roberto, le frère de Clara, avec une jeune fille d'origine italienne.

*

En juin 1940, Roberto Corti, lors d'un repli dit « stratégique », avait vu sa compagnie encerclée au cœur de la forêt de Compiègne. Roué et rebelle comme savent l'être parfois les Italiens, il avait roulé sa carcasse sous le tronc d'un arbre mort et échappé ainsi aux Allemands. Lorsqu'il avait réussi à rejoindre Paris clandestinement, trois semaines plus tard, dans des conditions assez difficiles, l'armistice avait été signé. De fait, il n'était ni prisonnier ni déserteur.

Il avait retrouvé son appartement de la rue de l'Espérance comme si de rien n'était. Prudent, il était d'abord resté tapi chez lui, soutenu par la générosité de sa sœur et de son beau-frère qui habitaient l'étage en dessous.

Pendant les mois qui avaient précédé la déclaration de guerre et la mobilisation, la petite Emma et Roberto s'étaient revus de nombreuses fois et avaient noué une relation amoureuse. Elle qui n'avait alors qu'une quinzaine d'années s'était laissée envoûter par les roucoulades enflammées du jeune Italien. Avec ses cheveux gominés et sa fine moustache digne d'un acteur hollywoodien, Roberto avait touché le cœur romantique de la jeune fille. Mais pas seulement... Dans les tirades théâtrales du jeune homme où il décrivait un avenir enchanté et magnifique, si Emma avait vu les fleurs et la soie, elle avait surtout vu une porte... une porte de sortie !

Une issue vers la liberté. Entre deux baisers arrachés, le mot « mariage » avait été lancé. Mot magique, synonyme, pour cette jeune fille encore naïve, de départ et d'indépendance. Il n'était pas si mal, ce Roberto, un peu rustre, peut-être, un peu vif, soupe-au-lait, mais il avait un regard de velours et une parole d'argent. C'était un homme. Bien qu'elle ne fût pas majeure, Emma n'avait pas rencontré de barrage moralisateur de la part de sa cousine Gloria. Au contraire, cette dernière avait vu d'un très bon œil cet envol amoureux. Plus vite elle serait dans les bras d'un mari, mieux ce serait pour tout le monde.

Emma était-elle véritablement amoureuse de ce jeune homme fougueux et hâbleur ? Peut-être pas, mais cette confusion des sentiments, qui oscillaient sans cesse entre le désir d'un homme et celui de trouver enfin une véritable place sociale, lui convenait très bien. Le coup de foudre, l'amour fou, la passion dévorante se voyaient au cinéma ou dans les bluettes illustrées... La vraie vie, celle du drame, de la misère, de l'exil, des ménages, ne laissait pas le temps aux amours de roman.

Emma avait dix-sept ans quand elle épousa Roberto qui en avait vingt-deux ou vingt-trois, elle ne savait pas au juste. La cérémonie fut sans excès et le repas de fête eut des airs de pique-nique. La famille italienne était là, réduite aux parents proches ; Gloria, récemment mariée, était venue avec son époux, bien sûr, Clara et Adrien aussi et quelques amis qui fermaient le ban. Il plut beaucoup cette journée-là, des trombes d'eau, ce qui pouvait laisser augurer, selon le vieux dicton « Mariage pluvieux, mariage heureux », un avenir serein. Ce ne serait pas le cas et Emma s'en rendrait compte assez rapidement. Toutefois, les premiers mois furent plutôt heureux, malgré les conditions difficiles de l'occupation. Lorsque le temps était clément et que le couple se promenait dans le quartier de la Butte-aux-Cailles, la jeune femme était un peu fière de ce mari qui portait beau à son bras. À chaque regard indiscret des autres hommes sur leur passage, Emma sentait la main de son « jaloux » écraser la sienne. Elle apaisait sa colère d'un regard doux. Parfois l'attitude heurtée de Roberto l'effrayait un peu, mais elle se sentait en sécurité avec cet homme. Une sécurité qu'elle n'avait jamais vraiment connue. La mort prématurée de son père l'avait privée de ce sentiment de protection nécessaire pour se construire à l'abri des intempéries de la vie. Pour la première fois, quelqu'un qu'*elle* avait choisi était responsable d'elle… Cela imposait de la tenue. Que Roberto fût jaloux, c'était agaçant, mais s'il ne l'avait pas été, n'aurait-ce pas été désespérant ? Elle entra dans son nouveau rôle d'épouse avec toute son énergie, de toute sa jeunesse, de tout son désir de bien faire. Elle voulait que tout marche parfaitement.

Roberto avait, depuis peu, trouvé une place dans une entreprise de peinture à Montrouge, mais son instabilité chronique et sa détestation de l'autorité le mettaient dans des rages folles… Il rentrait le soir, excédé, rageur, décrivant à son épouse un quotidien qu'il détestait. À présent, il ne pouvait plus claquer la porte à la figure de son patron, ni frapper un collègue qui ne lui revenait pas… Non, ces écarts de jeunesse turbulente lui étaient désormais interdits, car il avait une jeune femme à charge et un loyer à payer. Elle essayait de le rassurer, elle essayait même de l'admirer… Mais lui ne faisait guère d'effort, et il se révéla bientôt violent à son endroit. Adepte de la main levée quand les choses ne se déroulaient pas comme il le souhaitait, il n'était pas rare que, rentrant excédé du travail, il se défoulât sur sa jeune femme. Emma était pourtant d'une docilité exemplaire, mais le problème n'était pas Emma. Roberto avait-il le sentiment de se venger ainsi de ses échecs ? Le désir de faire payer à une innocente le prix de son désœuvrement, de son incapacité à embellir son quotidien ? *Pour le pire et pour le meilleur*, se souvenait Emma. Aux coups succéderaient bientôt les caresses, à n'en pas douter. Elle essayait de se raisonner. Que connaissait-elle de la vie de couple après tout ? Les hommes mariés qui travaillaient dur pour nourrir leur famille agissaient-ils tous ainsi ? Dans son souvenir, Luigi, le mari de sa tante Valentina, n'était pas toujours très gentil quand il rentrait du travail. Oserait-elle se confier à sa belle-sœur Clara ? C'était un peu délicat.

Du haut de ses bientôt dix-huit ans, Emma attendait patiemment de tomber enceinte. Malgré son jeune âge, elle se sentait une mère en devenir, avec beaucoup d'amour à donner, elle qui en avait si peu reçu. Mais les mois passaient, parfois douloureux, souvent sombres, sans que se profilât l'ombre d'un « heureux événement ». Elle ne disait rien, ne demandait rien, mais elle avait la désagréable impression que Roberto ne partageait pas son désir de maternité. Juste une fois, au détour d'une conversation, elle avait osé aborder le sujet et la réponse avait été sans appel :

— Tu crois que c'est vraiment le moment ? Avec les Boches à tous les coins de rue et les restrictions de bouffe !

— Oui, tu as raison, bien sûr… Mais tu sais, Roberto, je ne pourrai pas concevoir ma vie sans enfant…

Il s'agaçait de ces questions.

— Tu es jeune ! On a bien le temps d'y penser à faire des mouflets !

— C'est bien de faire des enfants quand on est jeune.

— Tu es folle, ma pauv' fille !

La « pauv' fille » avait baissé la tête... une fois de plus.

Fin de l'histoire.

Elle devait être patiente, cette guerre finirait bien un jour.

En attendant, Emma devait se contenter de ce quotidien que l'Occupation rendait plus difficile encore. Il arrivait qu'elle passe des journées entières à faire la queue pour obtenir un quart de pain, voire quelques livres de rutabagas ou de topinambours. Semaine après semaine, le rationnement se faisait de plus en plus sévère, mais malgré les conditions pénibles, elle s'occupait de son petit intérieur du mieux qu'elle pouvait. Ses seuls véritables moments de détente, c'était le dimanche, quand elle et Roberto allaient déjeuner à l'étage au-dessus, chez sa belle-sœur Clara. Au début de leur relation, elle admirait beaucoup cette belle jeune femme, toujours bien habillée, joliment maquillée, pimpante, volubile, qui semblait tellement à l'aise devant son mari Adrien, plus discret, presque taiseux. Le frère et la sœur s'entendaient à merveille, et cette complicité rendait parfois Emma un peu jalouse. Elle aurait aimé que son mari ait autant d'attentions à son égard. Cela viendrait peut-être avec le temps.

*

— Jérôme, remets la chanson, s'il te plaît.

— Ça fait deux fois, Paul.

— C'est pas grave, je crois que je viens d'avoir une idée.

— C'est reparti.

Du plus loin, que me revienne
L'ombre de mes amours anciennes...

La voix envoûtante de la dame brune, ce timbre si particulier qui faisait tout le mystère de Barbara, emplissait l'habitacle de la voiture, laissant tourner les émotions à plein régime.

— C'est quoi au juste, le titre de cette chanson ? demanda Saran.

— *Ma plus belle histoire d'amour, c'est vous.*

— Sublime ! Jérôme, je crois bien que j'ai ma nouvelle émission !

*

Pendant ces repas dominicaux, Emma croisait parfois le regard tendre d'Adrien. Tous deux s'appréciaient en silence face aux énergies italiennes que dégageaient le frère et la sœur. Emma, qui était plutôt novice au jeu de l'amour, trouvait quand même que son beau-frère avait une belle attitude devant Clara, qu'il était toujours aux petits soins même quand elle le repoussait avec un peu d'insolence. Cet Adrien était la gentillesse incarnée. Roberto, lui, hélas, n'avait pas de ces attentions délicates qu'elle attendait en vain.

Oui, elle les aimait bien, Emma, ces petits dimanches faits de regards volés et de sourires maladroits.

*

Paul Saran avait du mal à contenir son excitation. C'était la même chose à chaque fois qu'il tenait une idée solide, une idée qui se réaliserait et qui, il en était certain, plairait au public. Il ne lui avait pas fallu plus de dix minutes pour convaincre la chaîne du bien-fondé de son nouveau concept : un divertissement basé sur l'histoire des premiers chemins croisés. Chaque jour, un couple dévoilerait le mystère de leur première rencontre et l'histoire la plus originale se verrait récompensée par un voyage… Sorte de seconde lune de miel. L'émission s'intitulerait : *Tel épris…*

*

* *

15

Deux âmes seules

Rue de l'Espérance – 1942.

Depuis quelque temps, la situation géopolitique s'était singulièrement dégradée. Le 22 juin 1941, Hitler avait brisé le pacte de non-agression signé avec l'URSS qui, secrètement, donnait les pays de l'Europe de l'Est en partage aux deux pays. Ce fut l'opération *Barbarossa* qui débuta avec l'invasion allemande en Union soviétique. Pour l'« espace vital » germanique, le chancelier nazi voulait conquérir les terres de l'Est jusqu'à l'Oural. Mais il savait aussi, par ses services secrets de l'*Abwehr*, que Staline s'apprêtait à le trahir. Il espérait ainsi couper l'herbe sous le pied au dictateur des Grandes Purges, avant que ce dernier n'ait eu le temps de réorganiser son armée. Un an plus tard, c'était la tragédie de Stalingrad qui marquait le début de la fin pour l'armée allemande. Suivra la défaite d'El Alamein en Égypte, subie par l'*Afrika Korps* de Rommel. Le désert d'Afrique voyait l'écrasement du dragon nazi sous la botte du roi George. Dès lors, Hitler se vit contraint d'ordonner l'invasion de la zone libre française par crainte d'un débarquement des alliés en Méditerranée.

À Paris, les bombardements qui avaient cessé depuis 1940, venaient de reprendre au cours de cette tragique nuit de mars 1942.

Clara se réveilla en sursaut. Une déflagration terrible. Adrien était déjà debout. Sa silhouette fine, en ombre chinoise, masquait la fenêtre.

— Habille-toi, vite ! On doit descendre à la cave, c'est une attaque aérienne !

Beaucoup de Parisiens avaient pour consigne de descendre dans les stations de métro en cas d'alerte, mais Corvisart, sur le boulevard Auguste-Blanqui, était trop éloigné de la rue de l'Espérance.

Ils s'habillèrent en urgence, attrapèrent une couverture et sortirent de l'appartement. La cage d'escalier était déjà pleine des bruits des voisins… Cris épars et début de panique. Les quelques locataires du petit immeuble se retrouvèrent rapidement dans les parties communes des caves. Ils ne s'y étaient pas retrouvés depuis les bombardements de 1940. Terrorisée, Clara se jeta dans les bras de son frère qui était là. Les regards d'Emma et d'Adrien se croisèrent et chacun put lire dans l'œil de l'autre une sorte d'ironie. Ce frère et cette sœur, qui se réconfortaient devant leurs époux respectifs comme s'ils n'étaient pas là, avaient quelque chose d'agaçant, presque de révoltant.

— Ils sont devenus fous, les Boches ! Pourquoi qu'ils bombardent donc ? s'agita le célibataire du troisième gauche, un type aux larges épaules qui travaillait aux thermes de la Butte-aux-Cailles.

— À mon avis, répondit Adrien, c'est pas les Allemands…

— Comment que tu peux savoir ? s'énerva Roberto.

— J'ai entendu des choses à mon boulot… Depuis plusieurs semaines, les Schleus craignent une attaque des usines Renault…

— À Billancourt ?

Adrien acquiesça en silence.

— C'est pas à côté.

— Si c'est pas les Allemands, demanda Clara, c'est qui ?

— Les alliés… Les Anglais… Les usines Renault sont utilisées pour produire des munitions aux Allemands… Ils doivent vouloir les stopper.

— Avec nous dessous ? C'est vraiment des salauds !

Personne n'avait vraiment envie de se lancer dans des hypothèses, ni de justifier ou pas les bombardements. La fatigue et la peur prenaient le pas sur la réflexion. Clara, qui grelottait dans son manteau, s'approcha de son voisin du troisième qui lui proposa une cigarette.

— Vous travaillez toujours aux bains-douches, monsieur Cassard ? lui demanda-t-elle avec un œil de velours.

Il opina.

Le sol trembla plusieurs fois, détachant le salpêtre du plafond. Chacun essaya de se blottir dans un coin en attendant la fin de l'alerte. Elle dura deux bonnes heures, puis tout s'arrêta d'un coup. On se salua rapidement pour réintégrer les foyers et finir la nuit.

Le lendemain, Adrien partit très tôt au travail sans remarquer de dégâts particuliers dans son quartier. Ce ne fut qu'en arrivant à Villejuif qu'il constata la destruction de plusieurs bâtiments… Les ruines étaient encore fumantes. Un peu plus tard, en laissant traîner une oreille dans les couloirs du *Lutetia*, il eut bien la confirmation qu'il s'agissait de bombardements alliés sur l'usine Renault. Il y avait eu de gros dommages collatéraux jusqu'à Villejuif, en passant par Clamart et Neuilly. Les Allemands semblaient inquiets, car la guerre prenait une nouvelle tournure... Anglais et Américains n'hésiteraient plus à sacrifier les civils français pour enrayer la machine de guerre allemande.

Épuisé par une nuit presque blanche, Adrien demanda à partir un peu plus tôt ce jour-là, ce qui lui fut accordé. C'était un bon élément, efficace, discret, respectant son travail. Personne, parmi les membres de l'*Abwehr*, ne s'était rendu compte que le jeune plombier bien sous tous rapports chipait régulièrement des petites choses, comme des couverts, des ronds de serviettes, des assiettes... C'était plus fort que lui. Mais ce n'était pas du tout de la kleptomanie, c'était chez lui une forme de résistance... Ce n'était pas grand-chose, il le savait, mais il avait l'impression qu'il vidait, fourchettes après cuillères, le trésor de guerre allemand. Bien sûr, il aurait aimé faire plus, beaucoup plus... Voler des secrets stratégiques pour les faire parvenir aux alliés et influer sur l'issue de la guerre... Mais comment faire ? Il ne connaissait personne de la Résistance, personne ne l'avait jamais abordé. Les héros qu'il croisait étaient ceux du quotidien, ceux qui essayaient malgré tout de tenir et de nourrir leur famille, d'élever leurs enfants dans une telle tourmente.

Il se connaissait, Adrien, et si on lui avait demandé d'obtenir des renseignements sensibles, il ne se serait pas défilé. Mais la chose ne se présenta pas. Il était plombier-couvreur et il ne ferait pas l'espion, point.

Le froid de ce mois de mars était vif, accompagné de giboulées de saison. Il appuya un peu plus fort sur les pédales de son vélo pour aller pointer au siège de Villejuif. Pour une fois qu'il rentrait plus tôt, il proposerait à Clara d'aller au cinéma. En passant devant la salle du *Saint-Marcel*, Adrien avait noté la sortie d'un film italien au titre accrocheur, *Les Amants diaboliques*, une sorte de film policier sur fond de tragédie sociale. Cela sortirait Clara de ses idées noires. Depuis quelque temps, leur couple battait un peu de l'aile, comme on dit. Après dix ans de mariage, Adrien voyait bien que le caractère bouillonnant de son Italienne de femme, exubérante et légère, ne se satisfaisait pas du sien, plus calme, plus pragmatique. Jusqu'à présent, elle n'avait pas voulu d'enfant, ce qui aurait pu la rendre plus responsable, mais il était temps d'y songer, peut-être même de l'imposer. La guerre ne durerait pas et il fallait penser à l'avenir. Mais c'était sans compter sur ce qu'il venait de voir… Il freina brusquement, manquant de passer par-dessus le guidon. Son sang se glaça d'un coup et il se mit à trembler. Devant lui, à une trentaine de mètres au cœur d'une petite place discrète, à l'abri d'un parapluie ouvert, un couple s'embrassait… Un avenir s'effondrait.

*

Emma en tomba presque à la renverse au point qu'elle dut prendre appui sur le dossier d'une chaise de la cuisine. Devant elle, la main encore levée, le rictus mauvais, Roberto regardait sa femme avec un air de dédain.

— Je t'ai déjà dit de ne pas parler de ma sœur comme ça ! cria-t-il.

Emma s'assit sur sa chaise devant les topinambours qu'elle était en train d'éplucher pour le repas du soir.

— Mais… Roberto… je n'ai pas voulu…

— Tout ça parce qu'elle demande une clope au voisin ? l'interrompit-il. C'est quoi, ces insinuations ? Tu te prends pour qui ?

— Je pensais… à Adrien…

— Adrien ? C'est quoi, c'est qui, Adrien ? Pourquoi tu penses à lui ? C'est un type sans avenir… À trente berges, il est même pas fichu d'être le patron de la boîte de son père… Tu crois qu'il aurait pas pu essayer de la racheter, cette boîte de plomberie ! Normal que Clara zyeute ailleurs, elle a de l'ambition, elle ! Chez les Corti, on a de l'ambition !

— Une ambition de vendeur de peinture, peut-être ? ne put s'empêcher de susurrer Emma dans un souffle.

La deuxième gifle lui marbra la joue droite. Elle voulut s'enfuir dans la chambre car elle savait que les coups pouvaient pleuvoir en cascade, surtout quand Roberto avait bu, mais elle n'en eut pas le temps… Il venait de la saisir par le bras.

— Tu me fais mal, Roberto ! Arrête !

— Ah, tu veux jouer les insolentes ! Eh bien, tu vas aller faire ton cinéma sur le palier !

Emma se débattait comme elle pouvait sous la poigne de son mari.

— Je t'en prie, non, pas ça… Il fait froid.

— Tant mieux, ça te rafraîchira les idées !

La porte claqua comme une nouvelle gifle, la laissant seule dans les courants d'air de la cage d'escalier. Ce n'était pas la première fois que Roberto mettait sa femme à la porte. Cette méchanceté gratuite, qui répondait à des fautes qu'elle ne commettait pas, la rendait folle de désespoir. Elle se sentait vide, comme un ballon de baudruche plein d'air qu'une simple aiguille pouvait dégonfler. Elle se pelotonna sur une marche, la tête dans les bras. Les larmes affluèrent sans qu'elle puisse les retenir. Dans ces moments-là, les heures sombres de l'Italie lui revenaient en tête… La mort de son père, les jours de tristesse, l'exil solitaire. Ce serait donc ça, sa vie? Une longue succession de déboires, de déceptions, de malchance... À présent, que pouvait-elle espérer de cette union avec Roberto? C'était une erreur... Se berçant d'illusions et afin de fuir le foyer de sa cousine, elle s'était précipitée dans les bras d'un pauvre type qui ne la respectait pas. Qu'allait-elle devenir?

Un bruit...

En bas, la porte d'entrée venait de s'ouvrir... Quelqu'un montait. Emma se releva, sécha ses larmes aussi vite qu'elle le put. Elle ne voulait pas être surprise dans un tel état.

*

Adrien rangea son vélo sous l'escalier, derrière les poubelles, puis il monta les marches, le pas lourd et le dos voûté. Il avait cent ans et se sentait comme un jour de fin de vie. À présent, il savait ce qu'il avait toujours su et qu'il refusait d'accepter... Louis, son frère, l'avait suffisamment mis en garde sur la frivolité de Clara, mais là... La trahison était double. Elle était la maîtresse de ce gros plein-de-soupe de Barnave! Comment avait-elle pu le trahir avec son propre patron? Oui... il revoyait à présent les sourires faux, les poignées de main molle, les non-dits bruyants. Ils s'étaient bien moqués de lui, ces deux-là. Mais la question maintenant était de savoir quelle réaction il devait avoir... Il n'était pas homme, comme son beau-frère, à crier sur une femme, encore moins à lever la main sur elle. Allait-il demander le divorce? Il ne s'en sentait pas le courage, pourtant il savait qu'il ne pouvait pas passer l'éponge... Et Barnave? Comment pourrait-il le regarder en face dorénavant, sans avoir envie de lui mettre son poing sur la gueule?! Quand il arriva sur le palier, à l'étage, Adrien n'avait pas les réponses à ses questions bien sûr... du moins le croyait-il. Il avait en face de lui le petit visage encadré de boucles brunes de sa belle-sœur Emma, le teint pâle et les yeux rougis. Elle essayait de masquer son émotion, mais Adrien voyait bien son trouble... Elle avait pleuré. Peut-être des larmes qui vengeaient les siennes, lui qui ne pleurait pas.

— Bonjour, Adrien.

— Bonjour, Emma.

Deux cœurs abîmés. Adrien ne lui posa pas de question pour ne pas l'embarrasser d'une réponse difficile, qu'il devinait. Ils se sourirent sans un mot. Les paroles étaient inutiles car chacun comprenait le désarroi de l'autre. Adrien frappa à la porte des Corti qui s'ouvrit presque aussitôt...

— Je t'ai dit...

La voix fumante de colère de Roberto s'éteignit d'un coup en voyant son beau-frère qui lui souriait.

— Bonjour Roberto, je crois qu'Emma a oublié ses clefs.

Sans plus attendre, la jeune femme rentra chez elle en poussant son mari.

— Merci Adrien.

L'œil mauvais, Roberto hocha la tête et la porte se referma dans un claquement. Adrien Clermont, lui, souriait toujours. Ce petit acte de chevalerie impromptu l'avait soudain rendu optimiste, lui faisant presque oublier son infortune de cœur. Il ne s'était jamais rendu compte à quel point Emma était charmante... Son regard ému l'avait troublé. Étrangement, il rentra chez lui l'esprit plus léger pour affronter la prochaine tempête. Il s'installa dans le fauteuil devant la fenêtre et se mit à réfléchir à cet amour de jeunesse qu'avait été Clara, cette beauté tumultueuse et enivrante. Il se souvenait de la première fois où il l'avait vue dans ce petit bal du samedi soir où elle virevoltait, insouciante, dans sa robe rouge. Il avait eu comme un coup de foudre ce jour-là... Qu'en était-il dix ans plus tard de ce coup de foudre ? Il n'en restait plus que les orages.

*

* *

16

Petit air de Brésil sur un amour d'antan

Patrick Bruel, le jeune comédien des films d'Alexandre Arcady qui faisait chanter un accent pied-noir sous l'œil paternel d'un Roger Hanin goguenard, se souvenait-il de son premier « voyage » au Brésil ? Patrick Bruel, le chanteur de charme pour jeunes filles, au succès foudroyant, qui avait en quelques mois électrisé la France entière, se souvenait-il de son premier amour avec une jeune et jolie Carioca qu'il avait rencontrée dans sa jeunesse ? Lilia, envoûtante Brésilienne, qui avait pris son cœur pendant près de cinq ans ?

Si lui ne s'en souvenait pas, simplement parce que la jeunesse est impertinente, égoïste, virevoltante, agitée, ou que la vie d'un artiste est tout bonnement extravagante, bouillonnante, accaparante, un autre s'en était souvenu pour lui : Paul Saran ! Son émission, *Comme on se retrouve*, recevait depuis quelques années les meilleurs suffrages. Un concept simple, efficace et populaire qui mêlait émotion, nostalgie et spectacle : la rencontre entre un artiste à succès et une photo de classe en noir et blanc.

Pendant des semaines, Saran et son équipe s'activaient pour retrouver les petites têtes blondes et brunes qui souriaient sur la photo, tout autour de la future vedette. Cette dernière, au cours de la soirée, découvrait un à un ses anciens camarades d'école.

Ce soir-là, Bruel, qui n'était pas encore Patriiiick, était aux portes d'un succès phénoménal qu'il n'envisageait pas encore. Quelques films et quelques chansons à succès avaient fait de lui un artiste avec lequel la scène française allait devoir compter. Si Paul Saran avait déjà reçu de nombreuses vedettes aux carrières confirmées, il aimait aussi déceler les pépites et il sentait que ce jeune homme aux boucles brunes, au sourire ravageur et à la sympathie naturelle, était capable de « casser la baraque ». Il avait raison. Mais ce serait d'abord la voix que casserait Patrick Bruel. *Casser la voix*, qui allait être le premier gros tube d'un album qui en compterait plusieurs. Ce soir-là, devant des millions de téléspectateurs, les deux hommes se feraient un cadeau mutuel. Paul offrirait une antenne formidable à Bruel et Patrick composerait une chanson spécialement pour l'émission de Saran : *Place des grands hommes*, une chanson chantée pour la première fois en direct et qui symbolisait à merveille le concept de l'émission… Ces retrouvailles de vieux copains dix ou vingt ans après les bancs de l'école.

Puis l'image souriante de Lilia apparut en duplex du Brésil sous le regard ému de Patrick Bruel. Mais Paul Saran, maître de cérémonie, n'était pas là pour laisser retomber le soufflé du spectacle : *Show must go on* !

— Vous avez une guitare, Lilia ?

Elle en avait une.

Patrick aussi. Et pour le plus grand bonheur des spectateurs, les deux amoureux d'antan, séparés par 9 168 kilomètres, entonnèrent la samba de leurs premiers émois…

Deux guitares, deux voix, quelques accords renversés et un monde d'autrefois, celui d'un amour de jeunesse.

« On s'était dit rendez-vous dans dix ans… »

La soirée fut émouvante, nostalgique et réussie.

*

* *

17

Les « égarés » du palier

Rue Buffon – 1943.

Adrien était assis sur le bout de son lit, victime d'une véritable tempête sous un crâne.

Depuis quelques mois, il avait quitté le domicile conjugal de la rue de l'Espérance et avait trouvé un petit garni de quelques mètres carrés, au 12 de la rue Buffon. Un huitième étage sans ascenseur juste sous les charpentes, où les souris dansaient toutes les nuits au-dessus de sa tête. La petite fenêtre donnait sur les grands arbres du Jardin des plantes, seul véritable élément agréable de l'endroit.

C'était là, dans ce petit nid sans confort, mais à l'abri des fâcheux de tout poil, qu'Emma, secrètement, venait rejoindre Adrien dès qu'elle le pouvait. Cette idylle commencée quelques mois plus tôt sur le palier de l'Espérance, ce petit palier devenu le lieu des confidences, des chagrins racontés, des espoirs déçus, s'était transformé, sinon en passion dévorante, du moins en une tendresse profonde. Le malheur avait cimenté leur union illégitime. Deux êtres dans la tourmente qui s'étaient trouvés pour se consoler.

Les choses n'avaient pas été simples.

Lorsque Adrien avait mis Clara face à son infidélité, en ce jour de mars 1942, il avait cru qu'elle monterait sur ses grands chevaux, qu'elle essaierait de le faire culpabiliser, comme d'habitude, et lui démontrer que si elle agissait ainsi, c'était sa faute à lui ! Qu'il était un mauvais mari qui ne réussissait pas à lui offrir une vie décente, qu'il avait gâché leur quotidien en ne sachant pas saisir sa chance... Mais non, contre toute attente, Clara s'était effondrée en larmes, avait demandé pardon... Ce n'était pas ce qu'il croyait. Elle avait nié tout adultère... Elle voulait juste s'amuser, lui montrer qu'elle pouvait plaire aux autres hommes, qu'elle pouvait leur faire tourner la tête. C'était plus fort qu'elle. Avec le gros Barnave, il ne s'était rien passé de plus que ce qu'avait vu Adrien... Un baiser furtif. Il avait essayé, bien sûr... Les hommes sont si naïfs, si prévisibles. Elle s'était laissée embrasser pour ne pas le vexer, ne pas heurter son orgueil d'employeur, sûr de sa position sociale... Elle avait d'abord pensé à Adrien, à son travail, à sa réputation. D'ailleurs, dès le lendemain, elle avait demandé à Barnave de ne plus l'importuner... Elle n'était pas une femme facile. Soupir. Une fois encore, Adrien avait voulu croire que cette femme ne le trompait pas vraiment. Dès lors, Clara s'était montrée plus souriante, plus agréable, plus aimante. Un coin de ciel bleu qui s'était obscurci très vite et Adrien avait dû se rendre à l'évidence... Clara avait le mensonge et le vice collés à la peau. Sans faire beaucoup d'efforts, il s'était vite aperçu qu'elle entretenait bel et bien une liaison sérieuse avec son patron et que ses dénégations n'étaient que poudre aux yeux. Dès lors, il avait choisi de s'éloigner, la mort dans l'âme... Fuir Messaline et sa cohorte de mensonges.

Dehors, le vent bruissait dans les grands arbres du Jardin des plantes et Adrien observait le paysage, songeur. Il entendit la clef dans la serrure. Il se retourna et vit Emma qui entrait timidement. Son parfum embauma la pièce. Pas seulement celui de son eau de toilette, peut-être aussi celui du scandale. Elle avait le visage défait et l'œil sombre. Adrien pensa aussitôt que leur liaison avait été découverte par Roberto.

— Je crois que c'est pire, Adrien… Je suis enceinte.

Une phrase tombée comme une sentence.

Ils se regardèrent en silence… Un silence gêné.

— De moi ? murmura-t-il.

Elle baissa les yeux.

— Je ne sais pas… Je ne crois pas.

Adrien se sentit confus. Il n'arrivait pas à savoir si cette nouvelle était une bonne ou une mauvaise chose. Enceinte de Roberto, elle retournerait à son mari et leur idylle s'éteindrait là ; enceinte de lui, c'était un autre monde qui s'ouvrait…

Emma comprit son désarroi.

— Je crois qu'il vaut mieux qu'on ne se voie plus… enfin plus comme ça.

— Tu le penses vraiment, Emma ?

Elle ne répondit pas. Pas aussitôt. Malgré cette proposition péremptoire, son regard se chargea d'interrogations, comme si elle cherchait une autre réponse dans celui d'Adrien.

Que dire ?

La raison aurait voulu qu'il acquiesçât sans rien dire, en la laissant partir sans insister, quelque chose de plus fort le poussa à essayer de la retenir.

— Et si tu restais ?

— Tu es fou.

Oui, en tout cas, il se sentit prêt à le devenir.

Il lui caressa les cheveux.

— Je… je ne peux pas, sussura-t-elle.

Il l'admit d'un air triste.

Ils s'embrassèrent sans excès comme des vieux amants se quittant sur la pointe des pieds, puis elle partit.

Adrien était seul devant sa fenêtre, désespérément seul.

L'image de Clara se superposa à celle d'Emma. Il songea à cette femme qu'il avait passionnément aimée, à cette beauté italienne farouche qui avait enflammé ses vingt ans, cette épouse qui ne lui avait finalement jamais donné d'enfant car le bon moment n'était jamais venu… Il se souvenait de cette réponse qu'elle lui avait un jour jetée au visage sous forme de boutade : « Nous ferons un enfant quand tu auras retrouvé ta place ! »

Sa place ! Quelle place ? Celle du trône déchu de la famille Clermont ?

Toutes ces petites phrases assassines, ces gestes déplacés, ces attitudes honteuses qui la caractérisaient, lui revenaient comme un boomerang déshonorant, des souvenirs souillés. Non, cette femme-là, décidément, il ne l'aimait plus.

Le visage d'Emma refit surface et envahit toutes ses pensées.

*

Depuis qu'Emma connaissait la raison de ses nausées, elle tremblait d'appréhension. La peur d'annoncer la nouvelle à Roberto la tétanisait. Comment prendrait-il la chose, lui qui était toujours rétif à l'idée d'avoir des enfants ? Serait-ce encore la soupe à la grimace et la foire aux coups ? Quelle détresse ! Malgré tout, elle était soulagée de s'être confiée à Adrien. Secrètement, elle aurait aimé que cet enfant soit de lui, mais compte tenu de ses calculs, cela semblait impossible. La fougue de Roberto prévalait toujours sur ses propres envies à elle. Cet enfant serait le sien, à n'en pas douter... Le sang des Corti coulerait dans ses veines.

Elle avait attendu près de trois semaines avant de lui annoncer, pour ne pas dire lui avouer. D'un certain côté, elle se sentait coupable... L'adultère n'était pas une mince affaire et elle essayait de chasser cette parenthèse amoureuse de son esprit. Elle avait eu besoin de réconfort, envie de voir dans l'œil d'un homme de l'affection et de la gentillesse. Elle avait fauté, bien sûr, mais quand on n'a pas encore vingt ans, quel devait être le prix d'une telle faute ? Le rejet ? La déchéance ? Si Roberto découvrait sa trahison, quelle serait sa réaction ? Elle ne voulait pas perdre cette chance de fonder enfin une famille... Alors oui, elle murerait sa trahison et jetterait ses souvenirs au fond d'un puits pour oublier... Elle s'était persuadée, pour se donner du courage, que l'arrivée inopinée d'un enfant changerait les choses et que Roberto ne verrait peut-être pas d'un mauvais œil la perspective de sa paternité future...

— Roberto... J'ai quelque chose d'important à te dire.

Il venait de rentrer du travail et paraissait un peu plus détendu que d'habitude. La journée n'avait pas dû être trop mauvaise. C'était le moment de se lancer.

— C'est quoi ? Tu as gagné aux courses, c'est ça ? T'as suivi les conseils du père Clermont, le champion des hippodromes !

Il avait bu. Il s'était sans doute arrêté une fois de plus au café avec ses copains du boulot. Elle s'en était rendu compte trop tard... Mais elle ne pouvait plus faire marche arrière.

— Je suis enceinte.

Au moment où elle prononçait ces mots, indépendamment de sa volonté, son corps fit un mouvement de recul comme s'il s'attendait à être frappé… Mais la gifle ne vint pas. Roberto s'était statufié. Dans ses yeux : la surprise. Une profonde surprise qui se mua très vite en colère… Non, pire que ça ! Emma eut l'affreuse sensation qu'il y avait de la haine… Elle dodelina de la tête comme pour se convaincre qu'elle se faisait des idées. C'était impossible… Elle connaissait Roberto… Bien sûr, c'était un être irascible, rongé par la frustration, et malgré son jeune âge, c'était un homme rempli de colère, mais elle n'avait jamais considéré qu'il puisse haïr avec autant de force. Comment son regard pouvait-il se métamorphoser d'une aussi horrible manière alors qu'elle lui annonçait qu'il allait être père ? Prudente, elle recula vers l'évier de la cuisine. Roberto la regardait toujours avec cette intensité malsaine… L'alcool était sans doute responsable de cet état. Puis d'un coup, il se laissa tomber sur une chaise, comme écrasé par la nouvelle.

— C'est ridicule, lâcha-t-il.

Emma retenait son souffle. Sa véritable crainte était qu'il lui demande l'intervention d'une faiseuse d'anges. Au comité d'intégration du Kremlin-Bicêtre, Emma avait parfois entendu parler de cette pratique et avait été témoin de la détresse de ces pauvres femmes réduites au désespoir. Jamais elle n'accepterait une chose pareille.

— Nous allons avoir un enfant, Roberto…

Il voulut dire quelque chose, mais ses lèvres tremblèrent… Les mots ne sortaient pas. Il se leva, renversant sa chaise, manqua de trébucher et sortit de l'appartement en claquant la porte.

D'un seul coup, Emma ressentit le poids de l'abandon… Presque aussi lourd que le jour où sa tante Valentina lui avait appris la mort de son père. Un poids dans le ventre… qui n'était pas que celui de l'enfant à naître.

Machinalement, elle mit la table, lava quelques couverts. Gestes mécaniques pour essayer de ne pas penser. Impossible. Le regard de Roberto s'imprimait dans son esprit sans qu'elle parvienne à l'écarter. Ce regard terrible dans lequel elle avait lu beaucoup plus que de la colère. Bien sûr, elle comprenait qu'il soit inquiet d'avoir un enfant dans une telle période de trouble, qu'une bouche de plus à nourrir pour un homme qui avait à lui seul la responsabilité de gagner leur pitance, c'était une appréhension de tous les instants, mais un enfant… La perspective d'une famille… N'était-ce pas le désir de tous les couples ?

Soudain, elle pâlit plus encore… Oh, non ! Et si… s'il avait découvert son infidélité ? S'il avait vu en elle une femme facile ! Il ne voudrait pas d'un enfant d'une femme adultère ! Mon Dieu, qu'avait-elle fait ? Pourrait-il croire que l'enfant n'était pas de lui ? Ce serait terrible ! Terrible et injuste. Sa relation charnelle avec Adrien avait été éphémère et elle avait été très prudente.

Elle resta dans la cuisine, prostrée sur sa chaise pendant près deux heures, avant que Roberto ne revienne. Il la trouva dans l'obscurité. Pauvre ombre chinoise. Il alluma. Il était ivre, le visage défait, l'air débraillé.

— Faut bien que tu comprennes, ma petite chérie… qu'ici, c'est moi qui… qui décide. Si je dis pas d'enfant, c'est pas d'enfant !

Emma leva un regard désespéré vers son époux.

— Je comprends, Roberto, mais puisque je suis enceinte... Nous nous débrouillerons.

— Je... Je t'ai déjà dit que ce n'était pas possible !

— Pas possible ?

— De... d'élever un enfant dans ces conditions... Nous... nous verrons plus tard... quand... quand tout ira mieux.

Il vacillait.

Emma se leva et prit sur elle pour l'affronter.

— Tu ne veux tout de même pas que je...

— Bien sûr... Tu vas le faire passer ! C'est la seule solution raisonnable. Je sais à qui demander.

Épouvantée, Emma enfouit son visage dans ses mains. C'était impossible ! Elle ne ferait jamais une chose pareille. Elle le regarda, les yeux embués de larmes.

— Non...

Roberto leva un bras pour la gifler, mais se retint.

— Va te coucher ! Nous verrons ça... demain.

L'appartement retomba dans un silence de mausolée.

Le lendemain, à l'exception d'une gueule de bois carabinée, Roberto Corti ne vit rien, et surtout pas Emma qui avait quitté le domicile conjugal.

*

Adrien finissait de se raser et s'apprêtait à partir à son travail quand on tapota à sa porte. Un grattement léger. Visite improbable, il n'était que six heures du matin ! À peine eut-il ouvert qu'Emma s'effondrait en larmes dans ses bras et se confiait à lui entre deux sanglots. Adrien mit quelque temps avant de la calmer et de la raisonner. Elle ne devait pas s'inquiéter, il s'occuperait d'elle... Non, elle n'avorterait pas ! Elle ferait son enfant et il l'élèverait comme s'il était le sien.

Emma plongea ses yeux dans ceux de cet homme doux, calme, apaisant, qui avait douze ans de plus qu'elle. Elle n'était encore qu'une enfant fragile et influençable, tandis qu'Adrien était un homme d'âge mûr avec la tête sur les épaules. Avec lui, elle serait en sécurité… et son enfant aussi.

Elle avait apporté une petite valise avec quelques affaires. Adrien la lui ôta des mains et l'ouvrit sur le lit.

— Installe-toi. Tu es ici chez toi. Il est hors de question que tu retournes vivre avec ce salaud. Maintenant, nous sommes tous les deux, je vais veiller sur toi.

— Et Clara ? murmura-t-elle.

— Clara… j'en fais mon affaire.

*

* *

18

Puisqu'il nous faut l'oublier

Rue Buffon – septembre 1945.

Paris était à nouveau en liesse. Comme l'année précédente, quand le général de Gaulle avait descendu les Champs-Élysées en direction de la cathédrale Notre-Dame pour libérer Paris de quatre années d'occupation. Ce Paris qui avait vu ses rues pleines exploser d'une joie nouvelle, qui avait vu le retour d'une certaine insouciance que l'on avait crue à jamais perdue. On avait vu les jupes se raccourcir, les chignons se défaire, les bouteilles s'ouvrir… Et en ce lendemain du 2 septembre 1945, c'était la victoire finale que l'on fêtait. La capitulation du Japon marquait la fin de la Deuxième Guerre mondiale. Tous les pays de l'Axe étaient définitivement tombés. Depuis ces années de privations, tous les prétextes étaient bons pour déboucher les bouteilles, danser dans les rues ou s'encanailler dans les clubs. Dès la capitulation allemande en mai dernier, l'ensemble du peuple français s'était relevé les manches pour participer à la reprise sociale, économique et historique du pays qui se remettait doucement de ses blessures.

Au huitième étage du 12 de la rue Buffon, on ne participait guère à l'exaltation générale. C'était plutôt la dépression qui était au rendez-vous. Depuis deux mois, depuis le 11 juillet 1945 exactement, Emma Corti était redevenue Emma Biaggio, après que son divorce avec Roberto eut été prononcé. Un divorce dont l'issue allait être d'une terrible violence pour la jeune maman.

Tout avait commencé dix-huit mois plus tôt lorsqu'elle avait fui le domicile conjugal au petit matin. Rue Buffon, elle s'était réfugiée dans les bras d'Adrien qui l'avait recueillie dans son petit appartement.

Quelques jours plus tard, ayant obtenu l'adresse par sa sœur Clara, Roberto s'était rapidement présenté au domicile, la rage au ventre et la haine au cœur. Emma n'avait pas voulu le voir et Adrien s'était chargé d'éconduire son beau-frère. Roberto le menaça de représailles dignes de la *Camora*. Le sang chaud du « Rital » était remonté du fin fond de l'Italie du Sud. Adrien était resté calme. Bloc d'airain contre pot de fiel.

— Tu crois que je vais vous foutre la paix ?

— Cela serait raisonnable pour tout le monde, répondit Clermont.

— Raisonnable ? C'est le voleur d'enfant qui parle de raison ?

Adrien avait serré les poings.

— Oui, voleur d'enfant ! Tu ne dis rien ?

— Retourne chez toi et fiche-nous la paix.

— Elle porte mon enfant, tu entends ! Et je ne l'abandonnerai pas, c'est clair ?

— Ton enfant ? s'emporta soudain Adrien. Cet enfant que tu voulais faire disparaître ?

— Pauvre type ! T'as pas à te mêler de ma vie !

— Trop tard ! Emma t'a quitté, tu n'as pas su t'occuper d'elle... Admets-le et va-t'en ! Tu es jeune, tu peux refaire ta vie.

Roberto avait ricané. Un mauvais ricanement plein de morgue et de cynisme.

— Bravo, monsieur Clermont ! Donneur de leçon, l'homme responsable... Toi, tu sais d'occuper des femmes ! D'ailleurs, rue de l'Espérance, je te rappelle qu'il y en a une, ma sœur... Tu t'en es tellement bien occupée, mon salaud, que tu l'as quittée !

— D'autres s'en occupaient très bien à ma place ! avait répliqué Adrien, blessé.

— La faute à qui ? Tu crois que Clara, elle pouvait se contenter d'un type de ton espèce ? Elle avait des ambitions, ma sœur. Quand elle a épousé un gars Clermont, elle s'imaginait un avenir, une situation... Mais non ! Il a fallu qu'elle épouse un héritier-esclave, un fils à papa avec tous les inconvénients sans les avantages. Combien de fois, qu'elle s'est confiée à moi ! Qui a déjà vu un truc pareil ? Qu'elle t'ait cocufié à tour de bras, c'est bien normal ! Elle aurait eu tort de se gêner et je peux même t'avouer qu'il m'est arrivé de l'encourager à le faire. Un Clermont, ça doit payer et si c'est pas avec de l'argent, faut bien que ça *soye* avec aut' chose ! Oui, le bonheur, c'est dans le lit des autres qu'elle l'a trouvé, la Clara ! T'as pas les épaules pour une poule de cette classe !

Adrien avait pâli. L'envie de frapper son beau-frère jusqu'à ce qu'il disparaisse l'avait étreint.

— Ta sœur, c'est la même engeance que toi, crapule ! Ah oui, c'est du beau, la progéniture Corti... Une paire de fainéants sans foi ni loi, voilà de quoi ils ont accouché les parents Corti !

Adrien ne s'était pas reconnu cette journée-là. Il était sorti de ses gonds, imitant presque la hargne de Roberto.

— Quand je vous vois, toi et ta sœur, je suis finalement soulagé de ne pas lui avoir fait d'enfant ! Il aurait eu du sang Corti dans les veines… Je m'en serais voulu !

Soudain, le regard de Roberto avait brillé d'un nouvel éclair, un éclair encore plus malveillant.

— Un enfant ? Encore faut-il pouvoir.

— Qu'est-ce que tu veux dire ?

Corti avait continué de sourire.

— Clara… Plusieurs fois, elle a essayé de tomber enceinte… Elle a même consulté des médecins… et si tu veux savoir…

— Tu dis n'importe quoi !

— Si tu veux savoir, avait continué Roberto, le problème, ce n'est pas Clara, c'est toi ! La vérité, c'est que tu peux pas avoir d'enfant ! Un pauv' type stérile, voilà ce que t'es ! Remarque bien que j'te dis ça, mais sans doute que je ne t'apprends rien ! Tu le sais… tu le sais depuis toujours et tu l'as caché à Clara, exprès… Atavisme de riche ! Gènes de menteur !

— Je ne comprends rien à ce que tu racontes, pauvre dingue !

— Je sais ce que je sais ! Clara m'en a souvent parlé. Elle n'osait pas te le dire pour ne pas te vexer. J'avais beau lui dire de ne pas s'en faire pour toi, que tu devais forcément le savoir, elle ne voulait pas t'en parler. Toi, t'as rien dit pour pas perdre la face… T'as menti sur tout, tout le temps ! T'as volé la jeunesse de ma sœur !

Adrien avait chancelé, touché au plexus. Tout ça n'était que mensonges. Mais l'estocade n'était pas terminée, Roberto était tout en verve assassine.

— Et toi, avait continué Corti, tu as vu la belle aubaine ! Avoir un enfant à bon compte, un enfant déjà tout fait ! Fait par un homme, un vrai ! L'honneur serait sauf chez les Clermont, l'impuissance du fiston ne serait pas découverte. Bien vu, mais c'est sans compter sur moi !

Les jours qui avaient suivi cette sinistre visite avaient laissé Adrien profondément blessé.

Les mois avaient passé et l'amour avait grandi entre les deux rescapés de l'Espérance. Peu à peu, le ventre de la jeune femme s'était arrondi jusqu'à l'heureux événement du début de l'année 1944. Pendant ces sept mois, le couple avait vécu un amour grandissant que l'apparition de l'enfant n'avait pu que cimenter plus encore. Quand le petit Pierre apparut, Pierre Corti pour l'état civil, Adrien Clermont l'avait reçu comme son propre fils. Les mois avaient passé pendant lesquels Adrien avait subvenu aux besoins de sa petite famille en travaillant toujours au *Lutetia* pour le compte des Établissements Barnave. Il s'était arrangé pour ne plus croiser l'amant de sa femme, qui d'ailleurs ne l'était plus. Au cours de l'année 1944, Adrien avait senti l'agitation fébrile des Allemands dans les couloirs de l'hôtel. L'*Abwehr* était dans tous ses états. Les mots d'*Opération Overlord* avaient couru… La probabilité d'une invasion des alliés sur le territoire français s'était fait jour. Apparemment et selon ce qu'avait cru comprendre Adrien, les Allemands n'arrivaient pas à trouver le point exact d'un éventuel débarquement. Mais aux grandes affaires du monde qui font l'Histoire s'opposent souvent, pour ne pas dire toujours, celles plus modestes des hommes et de leur vie.

Les alliés débarquèrent en Normandie aux quatre mois du petit Pierre, qui remplissait avec bonheur les journées de la jeune maman ; Paris fut libérée pour les six mois de l'enfant et il en eut seize à la signature de l'armistice, le 8 mai 1945.

En ce 3 septembre 1945, la guerre mondiale s'achevait enfin sur la victoire des alliés, tandis que le conflit larvé qui opposait Roberto et Emma se finissait dans les larmes et le chaos. Après des mois d'une bataille judiciaire difficile, le divorce avait été prononcé aux torts de la jeune femme et la garde de l'enfant donnée à monsieur Roberto Corti, « compte tenu du fait que madame Emma Corti, née Biaggio, a quitté le domicile conjugal pour aller vivre avec son amant, monsieur Adrien Clermont au 12 de la rue Buffon dans le 5e arrondissement de Paris ».

Si la reconstruction des nations meurtries continuait d'avancer, le cœur de mère d'Emma, lui, se brisa.

Aussitôt le verdict était-il tombé que Roberto, accompagné d'un officier de justice, était venu chercher l'enfant « qui, jusqu'à sa majorité, ne devra avoir aucun contact avec madame Emma Biaggio qui a quitté le domicile conjugal et qui ne dispose d'aucune ressource financière pour l'élever ».

Pierre avait vingt mois quand il partit dans les bras de son père. Adrien, le visage fermé, les mâchoires serrées, n'avait rien dit, ne sachant comment minimiser la douleur de son nouvel amour. Emma était restée assise sur le bout du lit, comme prostrée, la bouche enfouie dans un mouchoir pour étouffer ses sanglots.

Emma perdit ce premier enfant l'année de ses vingt et un ans. Ce qu'une faiseuse d'ange n'avait pas accompli, la haine d'un homme l'avait réalisé. Toute sa vie, Emma aurait en elle ce dernier regard du petit Pierre, le regard d'un enfant qu'une mère, quoi qu'elle fasse, ne pourra jamais oublier.

Emma, jeune maman spoliée de son amour, reverrait-elle un jour ce fils enlevé, ce fils arraché ?

Peut-être…

Mais pour cela, il faudrait que les circonstances soient exceptionnelles !

*

* *

J'ai eu la chance de rencontrer Catherine. Sans elle, je serais sans doute devenu une épave… De ces types qui errent de bars en taudis, l'alcool au sang, seuls et misérables. J'en ai connu de ces types… Catherine m'a sorti de ce destin qui me pendait au nez. C'était une sainte femme, je crois. Elle m'a ouvert à la lecture et aux belles choses, au cinéma, à la musique. Avec elle, j'ai compris que ta mère, je l'ai aimée, c'est vrai, mais je l'ai mal aimée… aimée comme un pauvre gars qui ne sait pas voir la chance et le bonheur qu'il détient. En ce temps-là – c'est bien vieux tout ça –, je n'avais pas les clefs pour ouvrir ce genre de porte. Trop jeune, trop fier, trop idiot…

Catherine, si elle n'était pas partie si tôt, elle m'aurait sans doute appris le pardon… Je crois que c'est la seule qui m'a véritablement compris. Même à elle, je n'avais osé avouer mon secret… mes secrets. Mais, en définitive, je crois qu'elle avait compris, qu'elle avait tout compris.

…/…

19

Le Paris des poètes

Hugo, Verlaine, Baudelaire, Apollinaire, Trenet… Tous les poètes ont chanté Paris la Merveilleuse, Paris la Ville lumière qui scintille de son aura à travers le monde. *Paris sera toujours Paris*, comme le chantait Maurice Chevalier, même avec la guerre, quand *Les loups sont entrés dans Paris*, que pleurait Serge Reggiani avant une Mireille Mathieu qui criait un *Paris en colère*. Édith Piaf, *Sous le ciel de Paris*, qui fit renaître la vie et l'espoir dans le cœur des Parisiens… Ces Parisiens noceurs d'*Il est cinq heures, Paris s'éveille*, dont s'amusait Jacques Dutronc, de ces Parisiens travailleurs comme ce *Poinçonneur des Lilas*.

Paul Saran avait voulu rendre hommage à la ville. Son idée : réunir un plateau de chanteurs à la mode interprétant les grands classiques de la chanson célébrant Paris. Chacun colonisant un bel endroit de la capitale.

Ce jour, Paul Saran marchait dans le Jardin des plantes en compagnie de Marc Lavoine, l'artiste qui, en son temps, n'avait pas résisté aux *yeux revolver d'une célibataire au visage pâle*. Les deux hommes marchaient de concert, attendant que l'équipe technique se mette en place. Tout en se baladant, le chanteur fredonnait son nouveau texte, *Paris*.

— Qu'est-ce t'en penses, Paul ?

— Très chouette ! On va faire un bel ampex avec ta chanson.

Marc Lavoine prit une grande goulée d'air, le geste un peu théâtral.

— Très bonne idée, ce décor... Un zoo en plein cœur de Paris, les ours d'un côté, les dinosaures de l'autre et un jeune loup au milieu. Tu sais que je venais ici régulièrement quand je faisais mes études dans l'imprimerie, rue Madame.

— Tu as fait des études d'imprimerie ?

— Oui, m'sieur, lycée Maximilien-Vox, une référence ! J'étais élève typographe et ma spécialité, c'était la reliure à la feuille d'or !

— Comme quoi, de la feuille d'or au disque d'or...

— ... il n'y a que quelques zéros en plus ! éclata de rire le chanteur.

— En parlant de ça, reprit Saran, tu sais que le kiosque qui se trouve au sommet du labyrinthe, là-bas, est le plus vieux monument en métal de Paris ? Et il y a, à son frontispice, la devise de Buffon qui est gravée : *Horas non numero nisi serenas.*

— Ce qui veut dire ?

Paul Saran sourit, l'air un peu nostalgique.

— « Je ne garde que les heures heureuses. »

— Sympa ! Alors toi aussi, tu connais bien le Jardin des plantes ?

— Tu parles si je connais !

*

* *

20

Le labyrinthe des Plantes

Paris – 1958.

Paul ouvrit un œil. Le lit avait bougé légèrement et le plancher avait un peu craqué. Il sentit la présence de son frère qui avait le sommeil un peu agité. Marc, avant de s'endormir, avait l'habitude d'écouter la radio en sourdine et en cachette, sous les draps. Ses rêves étaient sans doute peuplés des personnages des chansons qu'il aimait écouter en boucle.

Il devait être quatre heures du matin. C'était l'heure à laquelle se levait son père pour aller travailler. Il vit la silhouette furtive et discrète disparaître derrière le petit rideau qui masquait l'évier de la cuisine-salle de bain. L'eau se mit à couler. Paul imaginait chaque geste que faisait son père : le blaireau poilu trempé dans le bol de savon à barbe qu'il passait sur ses joues bleuies en trois mouvements rapides, suivi du rasoir magique… Cette lame tranchante qui rasait sans couper. Tchac ! Tchac ! Tchac ! En trois ou quatre mouvements précis, tout finissait dans le lavabo. Un peu d'eau chaude sur les joues, un coup de serviette et le visage apparaissait, frais, rose et doux. Papa, c'était un artiste de la chose ! Paul avait envie de se lever pour lui demander : « Papa, il faut combien de blaireaux pour faire un blaireau ? » À sept ans, l'âge du raisonnement, on voulait tout savoir ! Mais la raison le poussa aussi à ne pas se lever. Il venait de percevoir le bruit léger du pot de brillantine posé sur l'évier... C'était la dernière touche d'élégance pour que les cheveux tiennent tout seuls, brillants et ordonnés. Le rideau s'écarta et le père apparut, rasé de frais, prêt pour l'assaut de sa journée de travail. Une deuxième silhouette se leva... Maman. Elle se levait toujours pour lui nouer sa cravate. Ils s'embrassèrent timidement, sans un mot, puis Adrien sortit sur la pointe des pieds tandis qu'Emma Clermont se recouchait.

Paul ferma les yeux. Le moteur de Marc ne calait toujours pas. Il faisait sa nuit sans faire de pause. Pour se rendormir, le garçon continua d'imaginer son père sur le chemin. Il remontrait la rue Buffon jusqu'à la place Monge pour y prendre le métro et se rendrait jusqu'aux halles du Châtelet pour y acheter des fruits et des légumes, plein de beaux fruits qu'il mettrait sur sa charrette à bras. C'était un métier incroyable, plein de bruits et de mystères ! Une fois, pendant les vacances, Paul et Marc avaient accompagné leur père dans ce ventre de Paris qui grouillait de milliers de gens qui hurlaient, qui riaient, qui s'engueulaient... Adrien avait voulu leur montrer la vie des commerçants parisiens.

— Combien ces fraises ?

— 16,50 francs !

— À ce prix-là, garde-les !

Paul se souvenait du clin d'œil complice de leur père après cette riposte commerciale. Il ne comprenait pas bien à quel jeu tous ces adultes jouaient. Heureusement, Marc, qui avait douze ans, servait d'interprète. La réaction de Papa était un piège. Il voulait ces fraises, belles, dodues, rouges comme un champ de coquelicots, mais il faisait semblant de ne pas les vouloir !

— Ah ? C'est rudement bête !

— Non, c'est très malin ! C'est toi qu'es bête !

Pugilat d'enfance qui se terminait dans les rires.

— Papa, il va faire croire qu'il ne veut pas de ces fraises, faire mine d'en trouver ailleurs et au dernier moment, il va revenir et les acheter moins cher...

— Pourquoi qu'elles sont moins chères ? s'étonna Paul.

— Parce que le gars, il a peur de plus les vendre, alors il baisse son prix et Papa les achète moins cher ! Tu comprends ? »

Non, Paul ne comprenait pas, mais il était émerveillé de voir que son père était plus malin que le gars qui vendait les fraises. D'autant qu'il faisait ça avec les gars des pommes de terre, des navets, des tomates ou des citrons ! Son père était des plus fûtés. Le Fort des halles, ça devait être lui ! Parce que non seulement il achetait les fruits et légumes moins cher, mais il les revendait *beaucoup* plus cher dans sa charrette ! C'était rudement malin !

Ce fut la bonne odeur du café qui lui titilla les narines. Il se sentait un peu fatigué et la perspective de se lever pour aller à l'école le fit grogner.

— Debout paresseux, il fait plein soleil !

Paul se redressa sur un coude, le cheveu ébouriffé et l'œil ensablé. Qu'il était bête ! On était le 1er juillet ! C'étaient les vacances, les grandes vacances, les immenses vacances ! Paul s'éjecta du lit d'un coup de reins solide pour sauter dans les bras de sa mère qui lui coupait une orange en souriant. Marc était déjà habillé et regardait par la fenêtre les toits du musée de paléontologie. Rêvait-il au mystère de la disparition des dinosaures ?

— Paul, je suis sûr que t'es pas cap de te sortir tout seul du labyrinthe ! se retourna Marc, bravache.

— Bien sûr que si, répliqua le frangin, en croquant dans sa première biscotte.

— Chiche !

Ce n'était pas une provocation qu'il fallait lancer à Paul Clermont car, du haut de ses sept ans, il adorait relever les défis.

Une heure plus tard, les deux frères pénétraient dans le plus beau jardin du monde, celui que leur père leur avait offert, en s'installant au 12 de la rue Buffon, quinze années plus tôt : le Jardin des plantes.

*

Après le départ tragique du petit Pierre, comme toute la France meurtrie, Emma et Adrien avaient tenté de se reconstruire. Bien sûr, Emma, après une période de dépression, avait voulu tenter quelque chose… Mais quoi ? Sans aide, sans argent, rien n'était possible. De plus, Adrien, aux épaules solides et aux réactions pratiques, avait convaincu sa femme qu'il fallait tourner la page pour se refaire un bonheur. S'enferrer dans des procédures, des guerres d'avocats, c'était se préparer des chagrins, des désillusions pour une lutte perdue d'avance… Il fallait oublier tout ça et enfouir loin, très loin… refermer ce mauvais livre pour en écrire un autre. Et puis… Adrien ne le disait pas, du moins pas vraiment, mais il ne voulait plus qu'on les remarque. Dans leur malheur avec Emma, ils avaient eu de la chance, celle de se rencontrer d'abord, de se consoler, de s'aimer. Avaient-ils besoin de jeter leur malheur en pâture ? Non. Ils allaient garder ça pour eux. Toutes ces choses, ces horribles choses, n'étaient pas arrivées... Roberto et Clara n'avaient pour ainsi dire pas existé. De simples fantômes qui étaient passés et qui avaient disparu. Leur nouvel amour devait suffire à cicatriser leurs souffrances. Un amour simple et concret qu'Emma formalisa rapidement en retombant enceinte... d'Adrien cette fois. En homme d'honneur et de devoir, ce dernier avait voulu épouser Emma le plus rapidement possible. Et pour cela, il avait dû entamer une procédure accélérée de divorce avec Clara. Pour sortir vainqueur d'un tel duel, il le savait, il n'y avait qu'une solution, de ces solutions terribles que seul le cinéma sait si bien exploiter :

Extrait du dossier 1 894 C – Affaire Clermont – Avril 1946

Ce jour, madame Clermont Clara est sortie de chez elle, au 7 rue de l'Espérance vers 11h15 pour se rendre en bus à la place d'Italie. Elle y avait rendez-vous avec un certain Émile Barnave, propriétaire des Établissements Barnave de Villejuif, une entreprise de plomberie. Le couple est resté discret mais on connaît la nature de leur relation véritable (voir le rapport de mars du même dossier). Une trentaine de minutes plus tard, la dame Clermont est sortie du café, le Roma, pour se rendre dans un magasin de chaussures où elle a fait l'acquisition d'escarpins en velours bleu. Ensuite, elle s'est rendue au square de l'abbé-George-Hénoque, toujours dans le 13e arrondissement de Paris. Elle y avait un rendez-vous avec un certain Raoul Vuibert, vingt-deux ans, sans emploi. Ils se sont embrassés avec fougue puis sont partis discrètement vers le 18 de la rue des Peupliers où le sieur Vuibert possède un petit garni. La dame Clermont est ressortie seule 1 heure cinquante plus tard puis elle est retournée chez elle un peu avant 16 heures.

Les deux amants se sont revus trois fois dans la semaine.

Notre détective, Lucien Bertot, a réussi à sympathiser avec le garçon Raoul Vuibert et a pu apprendre que ce dernier avait rencontré Clara Clermont dans un cinéma de la place d'Italie. C'est un très beau garçon, sûr de lui. Il n'est embarrassé d'aucun scrupule et n'a pour la morale aucun atome crochu. Imbu de lui-même et arrogant, il n'a pas hésité à étaler ses histoires de conquêtes féminines sans marquer la moindre prévenance à l'égard de ses « victimes ». Il s'est même vanté de courtiser madame Clara Clermont en raison des relations qu'elle entretient avec Émile Barnave. Grâce à la nature de cesdites relations, il compte bien « essorer », selon ses propres mots, « ce gros lard de Barnave ». Le sieur Vuibert n'est ni plus ni moins qu'un vulgaire gigolo.

```
    Madame Clermont le sait et s'amuse de la
situation.
    Fin de rapport.
```

À l'issue d'un compte rendu aussi accablant pour Clara Clermont, le divorce fut prononcé, qui laissa tous les torts à la jeune femme. L'avocat avait fait savoir que le départ d'Adrien du domicile conjugal était le résultat des frasques incessantes et humiliantes de son épouse. Dont acte. Quelques mois plus tard naissait Marc Clermont. Emma pour la première fois de sa vie connaissait une forme d'apaisement. Certes, l'appartement était petit, le confort réduit au strict minimum vital et l'argent se comptait en repas complet, mais il y avait une forme de stabilité qui commençait à s'installer et qui pouvait ressembler à un début de bonheur. Le jeune Marc aurait bientôt un petit frère. En 1951, Paul faisait son entrée chez les Clermont.

*

Paul commençait à s'inquiéter. Il avait beau courir dans tous les sens, il ne parvenait pas à trouver l'issue du labyrinthe. De l'autre côté de la haie, il entendait le rire de son frère.

— Dépêche-toi, Paul, où je vais au vivarium sans toi!

Cri de rage.

Emma n'était pas très loin, assise à l'ombre du prunus rose qu'elle adorait, au pied duquel elle tricotait un chandail pour l'automne prochain. Elle était pimpante, Emma. À trente-quatre ans, elle était encore menue et jolie, le cheveu court, noir et bouclé. Par cette belle journée de juillet, elle portait une robe en vichy rose qui faisait ressortir le gracile de ses épaules.

— Maman !

Elle leva la tête pour apercevoir son rejeton de Paul qui lui faisait des grands signes depuis la gloriette Buffon sur laquelle il était grimpé, innocent du symbole qu'il profanait. C'était un petit kiosque fait de fer, de cuivre, d'or, de bronze et de plomb, cinq métaux, sortis des forges de Buffon au xviiie siècle. C'était la structure entièrement métallique la plus vieille du monde. Il trônait au cœur du labyrinthe de plantes, sur une petite éminence. Du haut de la gloriette, malin comme un petit singe, Paul avait repéré le chemin de la sortie. Cinq minutes plus tard, il était aux genoux de sa mère, rapidement rejoint par Marc.

— Mouais… Tu as triché !

— Nan, c'est pas vrai ! J'ai réfléchi.

Marc haussa ses épaules de grand frère, un peu vexé. Puis il regarda son cadet en souriant.

— Je suis sûr, môssieur le « réfléchisseur » que tu n'as même pas remarqué la phrase écrite sur le kiosque !

Paul fronça les sourcils. Si, il l'avait vue, mais il n'avait rien compris.

— Oui, je l'ai vue !

— Et ça dit quoi ? demanda Marc, le ton un peu docte.

— Sais pas, convint Paul, honnête.

— Figure-toi que c'est du latin ! *Horas non numero nisi serenas.*

Marc se retourna vers sa mère.

— Tu sais ce que ça veut dire, Maman ?

— Non, mon grand… Je ne suis pas allée à l'école assez longtemps pour apprendre le latin.

— Mais tu es née à Rome, pourtant !

— Oui, et alors ?

— Mais, Maman, les Romains parlaient en latin !

— Pas quand j'étais petite… même si c'était il y a longtemps.

— Eh bien je vais vous dire ce que ça veut dire…

— Oui, d'accord, soupira Paul, sors-la, ta science.

— Cela veut dire : « Je ne garde que les heures heureuses. »

Emma regarda son fil aîné avec un mélange de fierté et de mélancolie. Elle avait les yeux humides.

— C'est une jolie devise, dit-elle, j'aimerais bien qu'elle soit un peu la mienne… *Je ne garde que les heures heureuses*, répéta-t-elle.

— Nous, Maman, on n'a que des heures heureuses, dit Paul.

Elle regarda ses deux garçons avec tendresse, mais malgré tout, il n'y avait pas un jour où elle ne pensait pas à son petit Pierre. Quand elle voyait tous ces garnements qui couraient autour d'elle, ces familles nombreuses… Avec Adrien, ils avaient parfois évoqué l'idée d'avoir un troisième enfant, mais là encore, le côté pragmatique d'Adrien avait fait pencher la balance du côté de la prudence et de la sagesse. L'arrivée d'un nouvel enfant ne serait pas tenable dans leur minuscule appartement. Quant à déménager pour quelque chose de plus grand, c'était financièrement impossible ! La priorité pour Emma était le bonheur de sa famille… Et pour cela, il fallait leur remplir le ventre à ces deux garnements.

— Il faut aller faire des courses, les garçons, l'heure tourne.

Ils trépignèrent. On ne pouvait pas quitter le Jardin des plantes sans rechercher une trace du trésor.

— Vous avez cinq minutes !

Les deux gamins foncèrent de toutes leurs jambes jusqu'au vivarium, leur endroit préféré avec la ménagerie des grands fauves.

L'endroit était étouffant.

Une chaleur de plomb qui restituait l'ambiance de la forêt tropicale. Les deux frères, qui aimaient se faire peur, étaient deux explorateurs perdus en pleine forêt vierge. Marc était Bob Morane et Paul était Bill Ballantine, l'ami fidèle, à la poursuite de l'ignoble Ombre jaune. Les aventures du célèbre héros de l'écrivain Henri Vernes faisaient partie des lectures préférées de Marc, qui n'était pourtant pas un grand lecteur.

Le trésor était à portée de main des deux aventuriers, mais la forêt était hostile, pleine de serpents venimeux, de plantes carnivores et de pièges de toutes sortes. Ils avançaient avec précaution devant les vitres, derrière lesquelles la mort rôdait, rampait, sifflait. Paul sursauta et poussa un ci... Une demi-douzaine de mygales venaient d'apparaître en rang serré sur l'épave d'un tronc d'arbre. Marc regarda sa montre. Il ne restait que quelques minutes avant que le temple maudit ne s'effondre de toutes ses vieilles pierres. Il fit un petit signe à son coéquipier et ils sortirent sains et saufs, mais sans le trésor... Pas grave ! Ils reviendraient le lendemain. Pour l'heure, ils devaient acheter des munitions au petit marché du village voisin, perdu dans la brume des hauteurs, là où le grand gorille blanc dominait.

Dehors, c'était toujours le plein soleil de juillet. Emma attendait ses fils avec la patience d'une louve. Direction rue Mouffetard pour faire les courses. Le garde-manger ne se remplirait pas tout seul.

— D'accord ! répliqua Paul, à une condition, c'est moi qui conduis...

Emma éclata de rire.

Le benjamin se mit devant sa mère, mit le contact du camion, embraya, passa une vitesse, attrapa le grand volant, amorça un bruit de bouche caractéristique aux grosses cylindrées qui traversaient le désert, et le drôle de petit équipage prit le départ vers la cité interdite de Mouffetard.

*
* *

21

Une autre vie

Sainte-Geneviève-des-Bois – 1958.

Roberto Corti avait pas mal roulé sa bosse depuis la guerre. Comme beaucoup de Français, il avait connu les vaches maigres, conséquence d'une reprise économique difficile. Cela n'avait pourtant pas calmé ses humeurs vagabondes. Rester deux ans dans un même poste était un record qu'il avait eu du mal à battre. Il avait lâché la peinture dès 1946 et avait, dès lors, exercé une multitude de petits métiers. Éternel insatisfait, ce cabri professionnel, bravant l'autorité ou la moindre petite mise en doute sur ses compétences, partait bien souvent en claquant la porte.

— C'est une occasion en or, cher monsieur. Une Peugeot 203 C de 1956. Elle est comme neuve. À peine sept mille kilomètres au compteur. Regardez cette ligne digne d'une Américaine… Vous vous souvenez de la Limousine *Custom Town* de 1941 ? C'est le même ondulé, la même souplesse dans les courbes… Un véhicule qui peut vite faire des jaloux ! Vous m'avez parlé d'une petite famille, je crois ? Eh bien, c'est la voiture idéale pour partir en pique-nique le dimanche avec madame et les enfants. Une berline confortable et élégante en même temps. Voyez l'intérieur... Un espace sobre, presque dépouillé qui met en valeur quatre places spacieuses... Seul l'essentiel subsiste. Magie supplémentaire : les sièges peuvent être mis en couchettes. Un voyage un peu long et c'est des économies au bout du chemin. Un simple mouvement du poignet et vous voilà à l'hôtel ! Notez également la clarté de l'habitacle conçu pour une visibilité optimale.

— Je vois qu'il n'y a pas de toit ouvrant. Je croyais que ce modèle en était pourvu...

— C'est vrai, la berline-luxe de 56 a été prévue sans toit ouvrant pour répondre à la clientèle.

— C'est pourtant bien agréable.

— Que l'on croit, cher monsieur, que l'on croit, mais il faut se méfier des apparences. Un toit ouvrant coincé quand la pluie arrive et c'est la douche écossaise. C'est arrivé quelques fois... De plus, un certain nombre de nos clients se plaignaient du bruit. Une fois le toit ouvert, toute conversation devient impossible... Vous me direz que cela peut avoir ses avantages, mais le constructeur a opté pour une 203 C sans toit ouvrant, pour votre confort.

— Bon, je dois réfléchir... Ma femme était partante pour le toit ouvrant.

Le vendeur ne put s'empêcher de tempérer son sourire commercial.

— Ne réfléchissez pas trop longtemps, j'ai beaucoup de demandes sur ce véhicule. Dans trois jours, il sera sans doute parti.

— Dans ce cas, j'irai voir ailleurs.

Roberto Corti serra les poings dans son dos. Encore un emmerdeur dans la figure duquel il aurait bien mis sa main !

Il n'eut pas le temps de ruminer plus longtemps sa colère qu'un de ses collègues le prévenait que le patron l'attendait dans son bureau. Roberto se dirigea vers l'extrémité du garage.

René Sandre était un gros type avec la sueur toujours au front qu'il essuyait régulièrement avec un mouchoir ; il débordait de ses vêtements.

— Entre, Roberto.

Sandre avait son visage des mauvais jours.

— Assieds-toi !

Corti s'exécuta de mauvaise grâce en se laissant tomber sur la chaise qui faisait face au bureau.

— Combien de temps que t'es là, mon gars ? aboya le patron.

— Presque trois ans.

— Dac. Y a quelque chose qui te déplaît dans la boîte ?

— Pas spécialement.

— C'est ma tête que tu peux pas blairer ?

— Hein ? Pourquoi que vous me dites ça, m'sieur Sandre ?

Le gros homme se leva comme s'il avait le poids d'une libellule et tapa du poing sur la table.

— Parce que j'aimerais savoir si tu veux couler la boîte ? Si tu veux ma peau ?

— Je… je comprends pas.

René Sandre martela de ses gros doigts une feuille posée sur son bureau.

— Tu sais ce que c'est, ce truc ? C'est un référé de justice ! Une procédure lancée par un client parce qu'on lui aurait vendu une caisse avec quinze mille kilomètres au compteur alors qu'elle en aurait soi-disant le double !

— Qu'est-ce que j'y peux ? Je vois pas…

— Ah, tu vois pas ? Mais moi je vois très bien… C'est pas la peine de faire ta tête de Rital accusé à tort ! T'as revendu une bagnole qui faisait pas son âge, voilà tout! Et figure-toi que c'est pas le genre de la maison Sandre! Ici, c'est honnête, on respecte sa clientèle.

— Vous m'accusez sans preuves?

Le patron renifla sans élégance.

— Bien une question de coupable, ça! Écoute, mon petit père, je sais que tu fais ton petit trafic ici... Pour toi, c'est peut-être pas bien grave, c'est de l'arnaque de petite frappe, mais moi, je risque ma boîte avec des conneries de ce genre!

— Vous me virez?

Sandre se rassit avec un bruit de ballon qui se dégonfle.

— T'as la tchatche, t'es pas un mauvais vendeur... Alors, je te laisse une chance, mais au premier couac, c'est la porte! Et je te conseille de doubler ton chiffre le mois prochain.

Roberto se leva, hocha la tête avec un demi-sourire qui pouvait passer pour un merci ou une insulte silencieuse, et il sortit du bureau.

Bien sûr qu'il faisait du trafic. Oh, rien de bien méchant... Il utilisait certaines voitures à des fins personnelles et les trafiquait un peu avec un ami garagiste pour se faire un peu de gratte. Ce n'était pas avec le salaire de misère que lui donnait son patron qu'il pouvait assurer correctement le quotidien d'une femme et de deux enfants. Ça le faisait bien rire, les pudeurs du père Sandre... Y avait pas plus retors que lui, plus filou. Tout ce qu'il avait balancé à Roberto aurait pu s'appliquer à lui-même. Toujours les voleurs qui voient des voleurs partout. Sa morale de patron voyou, il pouvait se la garder! De toute façon, il n'allait pas tarder à prendre la tangente, le Roberto. Ce boulot commençait à le courir sérieusement. Lui, ce qu'il voulait, c'était monter une entreprise, être son propre patron pour faire marner les autres. Ah, s'il avait eu les mêmes chances pour commencer dans la vie que celles de l'autre plouc de Clermont, il aurait pu accomplir de grandes choses… Il en était sûr. Ça oui, l'argent de la famille, il aurait su le faire fructifier, lui… Il n'aurait pas laissé le vieux se ruiner avec son héritage. Roberto était un sanguin. En sortant du bureau de Sandre, il avait pris sa décision d'envoyer bouler le gros plein-de-soupe avec ses bagnoles d'occase, mais plus il marchait vers la gare de Sainte-Geneviève-des-Bois et plus sa détermination retombait… C'était chaque fois la même chose. Il rêvait sa vie, mais ne la prenait jamais réellement en main. Partir en claquant la porte du jour au lendemain, c'était bien joli, mais le salaire d'infirmière de Catherine, sa femme, ne suffirait pas à finir de payer les traites du petit pavillon de banlieue qu'ils avaient laborieusement acheté cinq ans plus tôt. Il allait, une fois de plus, ravaler sa fierté d'Italien.

Après avoir divorcé d'Emma, Roberto avait tenté de remettre un pied dans cet après-guerre difficile, en sautant de petits boulots en petits boulots, mais il avait vite regretté son attitude vis-à-vis de son ex-femme, non pas qu'il ait eu quelque remords sur ce qu'il avait fait, mais il n'avait pas mesuré les conséquences d'une vie de célibataire avec un enfant en bas âge. Sa petite vengeance de mari trahi s'était vite retournée contre lui.

Les premiers mois avaient été terribles et Roberto s'en était remis le plus souvent à la bonne volonté sa sœur Clara qui, de son côté, avait vu son ventre s'arrondir… Grâce à qui ? C'était un mystère. Elle n'avait pas tardé à convaincre un de ses amants d'en assumer la paternité. Son instinct maternel réveillé, elle s'était plutôt bien occupée du petit Pierre jusqu'à ses trois ou quatre ans. En 1947, Roberto avait rencontré une jeune femme à l'accueil de l'hôpital de Longjumeau alors qu'il y faisait une livraison. À vingt-sept ans, il portait toujours beau, bien que l'embonpoint le gagnât. Mais il avait encore ce petit air voyou qui séduisait certaines femmes au romantisme balzacien. Catherine, jeune infirmière, en était. Elle eut d'autant plus de facilité à tomber amoureuse du bellâtre qu'ils avaient un point commun qui fut pour elle un signe : ils étaient tous les deux des parents célibataires. Catherine était veuve et élevait seule sa petite fille d'une dizaine d'années, Claudie. L'année suivante, ils s'étaient mariés, apprenant chacun à aimer l'enfant de l'autre.

Roberto poussa la porte grinçante du jardinet qui donnait sur un petit perron d'une dizaine de marches abrité d'une tonnelle de verre vieille et moussue. C'était un pavillon de deux étages, très étroit, tout en meulière. Les quelques mètres de jardin étaient laissés à l'abandon. Pas les moyens ni l'envie pour Roberto de s'en occuper. Il ouvrit la porte d'entrée. À peine fut-il entré qu'il entendit un léger sanglot qui venait du salon. Il y surprit Catherine qui tentait maladroitement de cacher ses larmes.

— Quel est le problème ? demanda sèchement Roberto.

Catherine était une jolie femme d'une quarantaine d'années, une blonde naturelle, sans fard. Elle n'avait pas encore ôté sa blouse d'infirmière. Elle tenait un courrier dans la main.

— C'est l'école de Pierre…

— J'en étais sûr ! Qu'est-ce qu'il a encore fait, ce petit con ?!

— Il a insulté un prof… il a une mise à pied de trois jours.

Le visage de Roberto se contracta. Il était blanc.

— Il est là ?

— Oui, là-haut dans sa chambre.

Le père, furieux, mit une main sur la boucle de sa ceinture.

— Je vais régler ça.

— S'il te plaît, Roberto, essaye plutôt de discuter avec lui.

— Discuter ? De quoi ? Ce môme est une vraie plaie ! Des années qu'il m'emmerde à faire les quatre cents coups ! Qu'est-ce qu'il a dans le crâne ? Il manque de quelque chose ?

— Ce prof, c'est un vrai connard !

Le couple se retourna. L'épaule sur le chambranle de la porte, un jeune garçon d'une petite quinzaine d'années les regardait d'un air insolent.

— Et toi, qu'est-ce que tu es, au juste ? aboya Roberto. Tu crois que je vais continuer à nourrir un p'tit con de ton espèce ? Ça fait trois fois en deux ans qu'on te change d'école ! Tout ça parce que monsieur ne supporte pas l'autorité ! Alors monsieur se fait virer de partout !

— Ch'uis pas le seul, ici ! répondit le garçon, arrogant.

— Quoi ? Qu'est-ce que tu dis ?

Le père se précipita sur son fils et le gifla.

— Roberto, non, pas ça ! supplia Catherine en essayant de s'interposer.

Pierre venait de reculer, l'œil mauvais.

— C'est pas la peine d'essayer de me défendre, Catherine… T'es pas ma mère !

Roberto bouillonnait de rage.

— C'est peut-être pas ta mère, mais c'est elle qui t'a élevé ! Alors tu l'écoutes et tu la respectes, s'il te plaît ! De toute façon, mon petit vieux, compte tenu de tes résultats scolaires et de ton attitude, tu n'y couperas pas, le mois prochain, c'est la pension !

Pierre sourit avec dédain, tourna le dos et remonta dans sa chambre.

Roberto alla ouvrir la bonnetière du salon où se trouvait le bar et se servit un pastis sans eau.

— Ce môme va me rendre dingue ! Il a pas la belle vie ? Qu'est-ce qu'il lui faut de plus ?

Catherine essaya de tempérer l'humeur de son mari.

— Écoute, Roberto, je trouve que tu es trop dur avec lui… C'est un adolescent, il a sans doute besoin de s'affirmer.

— En insultant ses profs ? En rentrant par effraction dans une propriété privée ?

— C'était une maison abandonnée.

— Aux yeux de la loi, c'est une propriété privée, point barre !

Catherine laissa planer un silence.

— Tu sais, Roberto, je crois qu'il souffre…

— De quoi ?

— Il se pose des questions… C'est de son âge.

— Quelle sorte de questions ? s'agaça Corti, le ton rageur.

— Sur sa mère.

— C'est toi, sa mère.

— Tu sais ce que je veux dire… Tu devrais lui parler… lui *en* parler.

Roberto posa son verre sur la table basse avec brutalité, manquant d'en briser le verre.

— Qu'est-ce que tu veux que je dise ? Sa mère est morte à sa naissance ! Il n'y a rien d'autre à ajouter !

À son tour, Catherine monta d'un ton. Roberto était un macho belliqueux, certes, mais elle n'était pas femme à s'en laisser conter pour autant.

— Ton fils a peut-être besoin d'en savoir plus sur sa mère ! Jamais tu ne lui en parles… Et pourquoi n'évoques-tu jamais la question de ses grands-parents maternels ? Il ne faut pas s'étonner qu'il se sente un peu déraciné. Cela peut jouer sur son comportement.

— Sa mère était italienne et elle a perdu ses parents quand elle était enfant. Pierre n'a que moi, et ce n'est pas toi, Catherine, qui va décider ce que j'ai à dire à mon fils !

*

* *

Quand tu es né, j'étais incapable d'être heureux... Je ne pouvais pas supporter l'infidélité de ta mère. Chez nous, dans la famille, c'était une question d'honneur. Comment avait-elle osé faire ça à son homme ? Puisqu'elle m'avait trahi, elle serait punie ! Alors je t'ai pris avec moi et elle ne t'a plus jamais revu... C'était ça, son châtiment !

Mais ce que je vais te révéler, je ne le fais pas pour soulager ma conscience, bien au contraire.

.../...

22

Rêve de radio

Bagneux – 1966-1969.

« Dis Papa, tu n'oublies pas de me réveiller demain ? »

Petite recommandation de l'ordre du rituel, plutôt que de la précaution, car le réveil de Paul Clermont était déjà réglé sur cinq heures du matin, heure à laquelle Adrien Clermont, cinquante-quatre ans, se levait pour se rendre dans le quatorzième arrondissement de Paris, à l'entrée de la rue Daguerre. C'était là qu'il posait sa charrette de fruits et légumes et qu'il commençait sa journée de travail. Mais quand l'emploi du temps de son fils le permettait, il ne manquait jamais de le déposer au 22 de la rue Bayard. Cette adresse, pour le garçon, c'était une sorte d'Eldorado… Le siège de la radio RTL. Dès qu'il le pouvait, il venait aux aurores se coller le nez devant l'écran qui retransmettait en direct les prestations radiophoniques de Maurice Favières. Cette voix qu'il écoutait tous les matins le fascinait et le mettait de bonne humeur… Une voix magique qui parlait à des centaines de milliers de gens, qui pénétrait dans les maisons, dans les foyers, qui s'invitait au petit-déjeuner et qui ouvrait la journée sur un autre monde. C'était captivant. Très tôt, Paul avait été conquis par ce métier qui apportait de la joie aux auditeurs. C'était *ça* qu'il voulait faire. Parler au monde, raconter des histoires et faire rêver les gens.

Mais il devait s'entraîner pour cela, apprendre les rudiments du métier, comprendre les mécanismes, « faire » sa voix.

Pour la famille Clermont, depuis quelques années les choses allaient un peu mieux. Après la guerre, Adrien s'était rôdé au métier de forain en allant vendre des ceintures et des foulards sur les marchés. Ses années de guerre en tant que soldat lui avaient permis d'obtenir une patente gratuitement. Les gènes de la famille Clermont étaient remontés à la surface. Sous la peau de l'homme tranquille avait toujours couvé celle de l'entrepreneur. Pour Adrien, travailler pour les autres n'avait jamais été une fin en soi. Ce fut en 1955 que, associé à son frère Louis, il avait monté ce petit « business » dans les fruits et légumes. Emma, elle aussi, avait retroussé ses manches et le couple avait pris le trottoir d'assaut, se faisant rapidement une bonne réputation dans le quatorzième arrondissement de Paris, où la charrette accueillante d'Adrien avait ses habitudes.

En 1965, Adrien avait enfin pu acheter un petit pavillon de banlieue pour abriter sa famille. Tandis que Marc et son père s'occupaient de le retaper de fond en comble, Paul, lui, avait très vite élu domicile dans la cave. Endroit idéal pour commencer sa carrière d'homme de radio. Équipé d'un petit matériel qu'on lui avait offert à son anniversaire, un tourne-disque Teppaz et un magnétophone Grundig, il improvisait des émissions, inventait son langage, essayant de trouver un style. Très vite, ce ne fut plus suffisant car il manquait l'essentiel dans cette cave : le public. Qu'à cela ne tienne, il allait se fabriquer une audience. La mère de Myriam, sa petite amie du moment, possédait à Bagneux un salon de coiffure. Ce fut là, les jours de fermeture du salon, entre les casques à permanente et les tiroirs de bigoudis, que le jeune Paul tenta de captiver ses premiers auditeurs, choisis parmi les copains du lycée.

Emma et Adrien ne voyaient pas d'un mauvais œil cette passion grandissante de leur fiston pour la radio, à condition qu'il ne néglige pas ses études. Emma envisageait pour lui une belle place de professeur, elle qui ne savait ni lire ni écrire, ou si peu. C'était un métier sérieux, respectable et respecté. Elle était déjà si fière de Marc, qui se dirigeait vers des études d'architecture. Il ne faudrait pas que son petit Paul se gâche dans des chimères, mais elle respectait cette passion dévorante.

Plus les semaines et les mois passaient, plus la passion de Paul pour la radio prenait des allures frénétiques, faisant même de la rue Bayard le décor principal de son obsession. L'animateur-vedette du matin, Maurice Favières, finalement intrigué par ce jeune garçon envoûté, avait fini par lui donner quelques conseils qu'il s'empressa de suivre.

Paul ne négligeait pas ses études pour autant et ses résultats étaient tout à fait honorables, mais rien ne perturbait son désir farouche de devenir animateur radio. Le temps n'atténuait pas son désir, mais au contraire accentuait sa flamme.

Il fut bientôt l'enfant unique de la maison, le petit dernier d'Emma, celui qu'elle choyait et qu'elle voyait devenir un homme, dont l'énergie débordante, parfois, l'épuisait. Il lui donnait l'impression qu'il voulait manger le monde et parler à la terre entière... à la terre entière, oui. Emma et Adrien, qui, toute leur vie s'étaient blottis dans leur amour réparateur, qui toutes ces années avaient chuchoté leur bonheur pour ne pas attirer l'attention, voyaient leur fils qui rêvait de s'adresser à des millions d'inconnus.

Paul sentait charnellement cette inquiétude dans les yeux de ses parents. Il comprenait « sans comprendre » que la perspective de voir un jour exposé le nom de Clermont sur les antennes les perturbait, au point qu'il en avait nourri une plaisanterie récurrente qui faisait toujours rire Emma.

— Ne vous inquiétez pas, quand je serai animateur-vedette, je changerai de nom. Nous, les artistes, devons savoir préserver nos familles pour ne pas les éclabousser des ragots qui nous entourent.

— Idiot, souriait Emma, et tu t'appellerais comment, par hasard ?

— Je ne sais pas... Voyons... Clermont... Clermont-Ferrand... Paul Ferrand ? Ou le Touquet ? Paul le Touquet ? Non, c'est trop pompeux...

— Oui, mais un nom de ville, c'est une bonne idée, il y en a de très jolis.

1969 déboula sans crier gare. Marc, de cinq ans son aîné, avait quitté le nid familial depuis quelques années déjà pour entrer dans la vie active et Paul s'apprêtait à le faire à son tour. Il était récemment tombé amoureux d'Élisabeth qui lui proposait de partager son appartement. Une aubaine. Il voyait là un moyen plus rapide de se rapprocher de son objectif et de vivre sa passion à cent pour cent. Un problème se posait, néanmoins : comment l'annoncer sans trop peiner ses parents ?

La petite radio de la cuisine chantait *Here come the sun* des Beatles, une chanson tirée d'*Abbey Road*, le dernier album des *Fab Four*. Emma était assise à la petite table en formica jaune, des larmes au coin des yeux. La chanson n'y était pour rien. Elle venait de descendre de l'étage pour faire le lit de Paul. Un lit qu'il n'avait pas défait. Cette mère, qui avait gardé en elle un peu de la louve italienne, avait bien senti le malaise de Paul, ces dernières semaines. Son grand garçon avait des envies d'indépendance, c'était naturel, elle le savait, elle le pressentait. Et il était parti… un peu vite, comme à la cloche de bois, parti sans rien dire, sans prévenir. Derrière ses larmes indiscrètes, elle sourit. Elle ne lui en voulait pas : comment une mère aimante pourrait-elle en vouloir à un fils qui voulait croquer le monde… Non, elle ne lui en voulait pas et, même, elle le plaignait… Le pauvre, comme il avait dû souffrir et se poser des milliers de questions. Elle le connaissait, son Paul. Il avait dû se torturer pour trouver une manière délicate de leur annoncer son départ. Il avait finalement choisi le silence. Pas grave, leur amour n'avait pas besoin de trop de mots, elle qui n'en avait jamais eu beaucoup à sa disposition.

Mais à présent, avec Adrien, ils seraient seuls, sans leurs deux garçons, seuls comme ils ne l'avaient plus été depuis vingt-cinq ans.

Un léger bruit. La porte d'entrée s'ouvrit et se referma. C'était Adrien qui rentrait. Elle essaya rapidement de masquer son émotion… sans y parvenir.

— Que se passe-t-il ?

Elle le regarda sans répondre.

— Ah, je vois, sourit tendrement Adrien, c'est Paul qu'est parti.

Elle murmura un oui, en s'arrachant un sourire.

Adrien vint lui déposer un baiser sur le front.

— Qu'est-ce qu'on va faire, Adrien ?

Il lui sourit.

— Une maison… On va faire une belle maison.

— Tu crois ?

— Bien sûr… Il nous faudra un joli endroit pour accueillir nos futurs petits-enfants.

*

* *

23

Comme on se retrouve

Pour célébrer le formidable succès de l'émission *Comme on se retrouve*, Paul Saran avait décidé de rendre hommage à ses collaborateurs. Une soirée spéciale en direct réunissant toute l'équipe qui œuvrait en coulisse, de la production aux techniciens. Comme chaque semaine, spectateurs et téléspectateurs étaient aux rendez-vous. Saran avait prévu quelques surprises. Il avait tout prévu… tout prévu, sauf l'essentiel.

Décontracté, micro en main, il s'apprêtait à dévoiler l'identité de tous les travailleurs de l'ombre qui l'entouraient et qui attendaient derrière le rideau bleu…

— Mesdames et messieurs, vous allez découvrir ce soir les membres de la formidable équipe de l'émission sans lesquels rien ne serait possible… Car on peut tout leur demander, même l'impossible, cet impossible qui, pour eux, n'est pas français ! Ce soir, ils apparaîtront dans mon plus beau décor… Mesdames et messieurs, applaudissez les magiciens de *Comme on se retrouve.*

Le rideau s'ouvrit.

Le sourire de Saran se figea avant de comprendre.

L'imprévu venait de prendre la forme d'une quarantaine de vedettes de la chanson française qui chantaient à l'unisson le tube de Gérard Lenormand, *La Balade des gens heureux*. Pierre Perret, Hugues Aufray, Mireille Mathieu, Patrick Bruel, Michel Delpech, Laurent Voulzy, Annie Cordy, Jean-Jacques Goldman, et tant d'autres étaient là et applaudissaient Paul Saran qui tentait de rester professionnel, souriant, mais très ému.

Que se passait-il ?

Une jeune femme élégante surgit de la troupe de chanteurs, que le public reconnut aussitôt comme Natacha Clair, une des présentatrices vedettes de la chaîne.

— Natacha ? Tu peux m'expliquer ?

— C'est très simple, Paul, ce soir c'est un spécial *Comme on se retrouve* Paul Saran.

L'animateur tomba des nues.

— Mais non... Non voyons, c'est impossible !

— Impossible n'est pas français, impossible n'est pas Saran !

— Mais non ! J'ai tout en main...

Sur la scène, dans le public, la bonne humeur est générale. Saran essayait de comprendre, d'en appeler à sa coordinatrice ou de chercher le producteur de l'émission du regard... Un pas en avant, deux pas en arrière. Mais il avait beau essayer de lutter, c'était peine perdue, il s'était bel et bien fait piéger. Comme il l'avait si bien dit, son équipe était capable de tout, même de l'impossible. Il n'avait rien vu venir.

— Voilà, Paul, reprit Natacha, ton équipe a voulu te faire ce cadeau.

— C'est pas possible !

Bien sûr que ça l'était. Et il n'était pas au bout de ses surprises. La suivante allait le laisser pantois.

La liesse du public étant retombée, Natacha reprit la main. Paul s'était un peu détendu, comprenant que le mieux était à présent de se laisser porter par les événements.

— Ça va mieux, Paul ?

— Ça va, je reprends pied.

— Alors après l'apéritif, on peut passer au plat de résistance ?

— Ah ? C'est pas fini...

— Dans *Comme on se retrouve*, tu le sais mieux que quiconque, Paul, ce n'est jamais fini.

— Je crains le pire !

— Et si je te proposais le meilleur ? Rideau !

Pour la deuxième fois, le rideau bleu s'ouvrit. La quarantaine d'artistes avaient disparu pour laisser place au décor d'une rue de Paris... Au cœur de cette rue, une petite charrette bleue chargée de fruits et de légumes... Derrière cette charrette, un couple aux cheveux blancs, impressionnés, émus, heureux d'être là... face à leur fils.

Emma offrait un large sourire, celui d'Adrien était plus timide ; leurs yeux s'humidifiaient devant un Paul, lui-même sidéré.

— C'est pas vrai !

Paul Saran vint embrasser ses parents, les serra dans ses bras.

— C'est leur première télé.

La soirée continua de surprise en surprise, exubérante et tendre. Suzanne, sa femme, défiant trac et préjugés, apparut même sur scène le temps d'une chanson enflammée, puis amis, famille et artistes se succédèrent pour raconter leurs souvenirs, leurs rencontres, leurs petits moments de bonheur. Souvenirs kaléidoscope. Il était déjà loin, le temps où Paul avait entendu la voix dynamique de Pierre Wiehn qu'écoutait un routier dans son camion... Ce moment précis où Paul Saran avait eu *le* déclic, où il avait eu conscience de la magie de la radio, quand il avait compris qu'une seule voix pouvait créer des émotions multiples en même temps pour des millions d'auditeurs dans des millions d'endroits ! Parcours têtu, des reconstitutions dans le salon de coiffure aux rencontres essentielles avec Maurice Favières, Christophe Izard, Monique le Marcis et Roger Kreicher[1], ce père de radio ; on évoqua les années passées à gravir les échelons du spectacle, à faire ses preuves, à faire sa place et opérer cette mue où Paul Clermont allait devenir Paul Saran. Saran, une petite ville tranquille de la banlieue d'Orléans où le grand-père, Albert Clermont, avait été inhumé. Tout en respectant sa promesse de prendre un pseudonyme, Paul rendait hommage à son aïeul.

On évoqua les années Mitterrand, les grandes interviews, les unes de *Télé 7 jours*, on disséqua ce chemin-miracle auquel Paul avait tant rêvé et qui était devenu réalité. Un hommage que Saran avait voulu partager avec ses parents. Adrien, son père, qui avait toujours été pour lui un modèle d'intégrité et de courage ; Emma, c'était la douceur, l'amour et la fidélité, la femme qui tisse les liens qui aident à grandir. Même Marc, son frère, devenu architecte à Bordeaux et qui regardait de loin cette folie, ce tourbillon qui entraînait son ancien compagnon de jeu, était finalement venu.

1. Producteurs d'émissions et dirigeants de RTL dans les années 1970 et 1980.

Saran savait que sa famille était le socle de tout et c'était grâce à elle qu'il avait fondé la sienne sur des bases solides avec Suzanne.

Bien sûr, à ce moment-là, ce moment de bonheur exposé, Paul, toujours très ému, traduisait les regards inquiets d'Emma et d'Adrien comme le signe d'un léger malaise dû à la présence des caméras. Il ne pouvait pas imaginer une seconde la véritable source de leur inquiétude. Dès que Natacha Clair annonçait une nouvelle surprise, les époux Clermont se regardaient, inquiets, se serraient les mains.

Paul Clermont ne pouvait pas comprendre la véritable nature de leur soulagement à la fin de l'émission.

Leur secret n'avait pas été découvert.

Pas encore...

*

* *

24

Envers de décor

2007 – L'Isle-sur-la-Sorgue.

L'été de Provence exhibait son soleil avec une certaine arrogance, pour le plus grand plaisir des touristes qui déambulaient en short, bob et chapeau de paille dans les rues festives de l'Isle-sur-la-Sorgue. Cette petite ville, plutôt cette v'île, coincée entre Luberon et Alpilles, au toit azur qui la recouvre, aux eaux émeraude qui la serpentent, est un fleuron de la région. Traversée de canaux mouillés par la rivière Sorgue, celle qu'on appelle la Venise comtadine est aussi le théâtre d'une culture bien vivante : celle des marchés.

C'était sans doute pour cette raison que Pierre Corti avait abandonné la grisaille de la banlieue parisienne et qu'il avait lâché le volant de son camion à plateau pour venir s'installer dans le Sud avec sa femme, Carole. Ils avaient pris en location une maison près de l'Isle-sur-la-Sorgue. Tous deux avaient besoin de changement, de soleil, de quiétude. La maison disposait d'un jardin assez grand pour contenir une sorte de petit chalet qu'ils avaient transformé en un confortable appartement afin d'y recevoir Roberto. Le père de Pierre avait quatre-vingt-sept ans et, s'il avait gardé toutes ses facultés intellectuelles, le corps, lui, n'avait pas suivi. Il vivait au fond du jardin avec ses pensées noires, ses remords, ses démons... peut-être.

Pierre ne s'était jamais vraiment posé la question de savoir s'il aimait ou non ce père... C'était son géniteur, voilà tout, et il se devait de s'en occuper. Il serait le protecteur de cet homme qui ne l'avait jamais été... Du plus loin qu'il remontât dans ses souvenirs, Pierre ne se rappelait pas un geste tendre, un baiser, ni même un mot d'encouragement. Dans leur relation, tout avait été glacé, glaçant. Il avait souvent essayé d'attirer l'attention sur lui, parfois de façon excessive, mais le ceinturon avait toujours prévalu sur la compassion.

Pierre, après des années de route, s'était senti usé, fatigué d'une vie qu'il avait toujours eu l'impression de subir. Simple figurant d'une comédie dramatique, ballotté au gré d'un scénario sans originalité. Mais avant sa retraite, il avait décidé de reprendre un peu de son destin en main. Pour une fois, ce ne seraient pas les aléas de la vie qui le pousseraient à faire telle ou telle chose, mais lui qui déciderait. Il se pensait, à tort ou à raison, de ces êtres sans destinée remarquable, de ces hommes qui traversent la vie sur une rivière sans jamais imaginer pouvoir en changer le cours. Pierre, même s'il ne l'avait jamais vraiment avoué, avait souffert de l'absence d'une mère, d'autant plus souffert que son père n'avait jamais été très présent pour lui. Il avait le profond sentiment de n'avoir jamais été aimé, ni même seulement apprécié. Il avait traîné sa vie comme il avait pu.

Aujourd'hui, il respirait. Il avait obtenu une carte de marchand ambulant et exposait ses produits sur les marchés du Sud. Non pas qu'il ait eu quelque accointance avec le monde des forains, mais cette envie, presque mystérieuse, lui était venue spontanément.

Ce matin de juillet, les rues et les ponts de l'Isle-sur-la-Sorgue étaient pleins de ces badauds gourmands qui, sous les tonnelles ombragées des bords de la rivière, s'arrêtaient pour boire un café et admirer les vieilles roues à aubes moussues qui craquaient de tous leurs os.

Carole Corti essayait de se frayer un chemin dans cette foule du matin déjà si dense. Elle dissimulait un visage peu apprêté sous un chapeau blanc à larges bords. Les yeux rougis derrière des lunettes noires, elle longea la Sorgue où flottaient les barques pleines de fruits et légumes, traversa l'armada de chineurs qui s'extasiaient devant les centaines de brocanteurs et gagna la place de la Liberté où se trouvait le stand de Pierre. En pleine négociation avec d'éventuels clients, il proposait des serviettes brodées, surtout destinées aux « étrangers », mais aussi des ceintures, des cravates et des foulards. Carole attendit patiemment, en allumant une cigarette. Pierre l'avait remarquée du coin de l'œil et noté également son agitation. Son épouse était une femme plutôt calme, mesurée et toujours souriante. Elle ne souriait pas, ce matin. Il n'insista pas pour emporter la vente… Les clients, hésitants, durent le sentir. Ils reposèrent les serviettes et passèrent au stand suivant. Carole s'approcha et ôta ses lunettes. Elle avait pleuré.

— C'est ton père, Pierre… Il est mort !

*

En fin de matinée, le médecin avait signé le certificat de décès. *Monsieur Roberto Corti, quatre-vingt-sept ans, demeurant au 25 de la rue des Saules, à l'Isle-sur-la-Sorgue, est mort dans son sommeil d'un arrêt cardiaque.*

Dans l'après-midi, les employés des pompes funèbres étaient venus pour préparer le corps et l'emporter à la chambre funéraire de la ville. La mise en bière et la levée du corps se firent deux jours plus tard. Quelques amis et voisins avaient assisté à la célébration et participé au verre du souvenir. Quelques mots polis avaient été prononcés, mais le vieux Roberto semblait avoir laissé dans les mémoires avoisinantes l'image d'un homme irascible, cynique et peu sociable. Paix à son âme.

Pierre Corti venait d'ouvrir son deuxième paquet de gitanes sans filtre et s'en alluma une. Il ne s'était pas changé et avait juste dénoué le nœud de sa cravate noire. Écrasé dans le fauteuil du salon, il avait le regard dans le vide, un regard sec. Carole, assise sur le canapé, le regardait, un peu gênée. Pierre n'avait jamais été un grand bavard. C'était un homme de la vieille école qui ne s'épanchait guère. Elle n'arrivait pas à savoir s'il éprouvait un profond chagrin ou une sorte d'indifférence confuse. Le père et le fils n'avaient jamais montré de complicité particulière et leurs échanges avaient toujours été plutôt formels sans véritables signes d'affection. La tendresse n'était pas un sentiment très développé chez les hommes de la maison Corti. Carole aurait bien aimé connaître Catherine, la femme de Roberto qui avait servi de mère de substitution à Pierre, mais elle était déjà morte lorsqu'elle avait rencontré son futur époux.

Carole respira profondément… Elle se sentait oppressée.

Comment allait-elle lui dire ? Devait-elle seulement lui dire ? Cela serait tellement plus simple si elle se taisait… Plus simple peut-être, mais ça ne serait pas honnête. Elle devait être courageuse.

Elle se leva et se rendit dans leur chambre.

Pierre ne bougea pas, tirant toujours mécaniquement sur sa cigarette.

Elle ouvrit le deuxième tiroir de la commode, souleva quelques lingeries et saisit une enveloppe qui n'était pas scellée. Carole s'attarda un instant sur les mots maladroitement écrits sur le recto :

Pour Pierre, à lire après ma mort.

C'était une enveloppe qu'elle avait trouvée dans une boîte à chaussures en rangeant les affaires de Roberto. Une petite boîte à souvenirs avec quelques photos.

Carole n'avait pas su résister. Elle avait lu la lettre… Une longue lettre en forme de confession qui lui avait glacé les os. Surtout la fin. Elle revint dans le salon où régnait toujours un silence pesant.

Elle se planta devant son mari.

— Pierre, ton père a laissé ça pour toi.

— Une lettre ? Pourtant pas son genre d'écrire, au vieux.

Il fit glisser ses lunettes du front sur son nez.

Carole alluma nerveusement une cigarette pendant qu'il lisait les derniers mots de Roberto. Elle observait discrètement ses réactions. Il fronça d'abord les sourcils, semblant ne pas comprendre, puis à une ou deux reprises il leva les yeux vers sa femme, des yeux humides où flottait l'incompréhension. Il continua sa lecture en faisant de légers hochements de tête comme s'il pesait chaque mot. Fin de lecture. La lettre tomba sur ses genoux.

— Mais… c'est quoi, ce truc ?

Pierre reprit la lettre et d'une voix blanche…

— « Je vais bientôt partir… Et je veux que tu saches que ta mère n'est pas morte en couches, comme je te l'ai toujours dit. Elle est en vie et elle habite en banlieue parisienne. C'est la mère de Paul Saran, l'animateur de télé. »

— Mais c'est quoi cette embrouille ! Mais de quoi on parle !

Il sortit fébrilement un portefeuille de sa poche intérieure de veston et fit jaillir une photo en noir et blanc. Il la brandit sous les yeux de Carole.

— C'est qui, ça ? Hein, c'est qui ?

Sur la photo en noir et blanc, vieillie, presque parcheminée, un homme aux cheveux gominés et à la moustache soignée tenait le bras d'une très jeune femme brune qui souriait timidement.

Pierre s'était levé et tremblait de tous ses membres. La voix aussi était chevrotante, empreinte d'une colère sourde.

— Cette femme que tu vois là, au bras de mon père, Emma, Emma Corti, ma mère… C'est… C'est la seule photo que j'ai d'elle ! La seule photo qu'il m'a laissée ! Est-ce seulement elle ?! Et maintenant, voilà qu'il se relève de son cercueil pour m'écrire ce tissu de conneries ! Ma mère… pas morte ! Mais comment est-ce possible, nom d'un chien ! Comment est-ce possi…

Sa voix s'était étranglée dans un sanglot.

Carole écrasa nerveusement sa cigarette dans le cendrier et vint prendre Pierre dans ses bras. Les larmes venaient, qu'elle laissait couler.

La lettre était tombée sur le sol et Carole regardait ces derniers mots qui semblaient écrits avec des lettres incandescentes.

« Elle est en vie et elle habite en banlieue parisienne. C'est la mère de Paul Saran, l'animateur de télé. »

*

* *

25

La lettre

Fils,

C'est bientôt la fin. Je n'ai plus de force, plus d'espoir, plus de larmes... Je suis vieux, si vieux à présent... La mort est partout qui rôde. Je n'ai pas peur, pas vraiment... Mais avant que je parte, tu dois savoir que je ne t'ai pas tout dit... Même que je t'ai menti. Longtemps menti. Il faut que je rétablisse la vérité, ma vérité. Je n'ai plus grand-chose qui me retient dans cette vie. Enfin, si... il y a toujours cette idée qui me démange, non, qui me dévore, qui me ronge, oui, me ronge les sangs. Un désir de vengeance... de vengeance inassouvie...

Quelle vie pouvait donc s'offrir à moi ? Avais-je eu un bon jeu distribué au départ ? Non. Pas les bonnes cartes. Alors j'ai fait ce que j'ai pu avec ce que j'avais. Quitte à tricher. Mais on ne déjoue pas la fatalité, au mieux on la contourne.

Fichu accident !

Sans lui les choses auraient été différentes.

Ma rage ne m'a jamais vraiment quitté. Pas un jour, pas une nuit sans ce feu dévorant que je croyais étouffer. En vain. Si j'avais su ! Je me suis damné moi-même pensant damner les autres, et infligé une peine plus lourde que celle que je voulais provoquer...

Je ne sais pas. Je ne sais plus.

Cette soif de vengeance s'est accrochée à moi comme une maladie incurable. Cette honte, tue pendant si longtemps, a aussi été le deuil de moi-même.

Je n'ai jamais été très heureux, je n'étais pas programmé pour ça… et je n'ai sans doute jamais apporté beaucoup de bonheur autour de moi. Avais-je pour autant mérité le rejet et l'humiliation qui m'ont frappé si jeune ? C'est vrai que je me suis vengé une première fois… C'était comme un châtiment que je voulais infliger à ta mère… Mais ce n'était pas suffisant pour éteindre le feu qui me consumait… non, pas suffisant du tout.

Toi, peut-être que tu n'y es pour rien, que tu as l'impression que tu n'y es pour rien… Que ta vie ne t'a pas donné ce que tu voulais parce que je n'ai rien fait pour toi, pour t'encourager… que je n'ai pas été à la hauteur, que je n'ai pas été un exemple à suivre… Comment aurais-je pu l'être ? Mais toi, qu'as-tu fait pour moi ? T'es-tu déjà posé la question ?

Tu ne t'es jamais rendu compte du mal que tu m'avais fait… tu ne pouvais pas, bien sûr, savoir combien tu m'avais fait souffrir. Contre ton gré, évidemment, mais tu as été l'incarnation de ma faiblesse !

Au fond, pourquoi les enfants ne seraient-ils pas responsables du destin de leurs parents ?

J'ai eu la chance de rencontrer Catherine. Sans elle, je serais sans doute devenu un de ces types qui errent de bars en taudis, l'alcool au sang, seuls et misérables. J'en ai connu de ces types… Catherine m'a sorti de ce destin qui me pendait au nez. C'était une sainte femme, je crois. Elle m'a ouvert à la lecture et aux belles choses, au cinéma, à la musique. Avec elle, j'ai compris que ta mère, je l'ai aimée, c'est vrai, mais je l'ai mal aimée… aimée comme un pauvre gars qui ne sait pas voir la chance et le bonheur qu'il détient. En ce temps-là – c'est bien vieux tout ça –, je n'avais pas les clefs pour ouvrir ce genre de porte. Trop jeune, trop fier, trop idiot...

Catherine, si elle n'était pas partie si tôt, elle m'aurait sans doute appris le pardon... Je crois que c'est la seule qui m'ait véritablement compris. Même à elle, je n'avais osé avouer mon secret... mes secrets. Mais, en définitive, je crois qu'elle avait compris, qu'elle avait tout compris.

Quand tu es né, j'étais incapable d'être heureux... Je ne pouvais pas supporter l'infidélité de ta mère. Chez nous, dans la famille, c'était une question d'honneur. Comment avait-elle osé faire ça à son homme ? Puisqu'elle m'avait trahi, elle serait punie ! Alors je t'ai pris avec moi et elle ne t'a plus jamais revu... C'était ça, son châtiment !

Ce que je vais te révéler, je ne le fais pas pour soulager ma conscience, bien au contraire...

Pierre,

Je vais bientôt partir... Et je veux que tu saches que ta mère n'est pas morte en couches comme je te l'ai toujours dit. Elle est en vie et elle habite en banlieue parisienne. C'est la mère de Paul Saran, l'animateur de télé.

*

26

Au revoir

Longpont-sur-Orge, Essonne.

Après une cérémonie sobre, la basilique Notre-Dame-de-Bonne-Garde de Longpont-sur-Orge s'était vidée en silence et le petit cortège s'était rendu vers le cimetière qui se trouvait derrière l'église. C'était un petit cimetière tranquille au bas duquel coulait l'Orge. Les Clermont y avaient un petit caveau. C'était là qu'on allait déposer le premier cercueil de la famille. Adrien était parti sereinement. Il savait que ses fils prendraient soin de son Emma. Car malgré tout, la jeune Italienne qu'il avait sortie des griffes des Corti soixante ans plus tôt, était toujours restée cette petite fille fragile, orpheline, exilée, cette gamine forgée à la dure qui toute sa vie se demanderait si elle était bien à sa place.

Elle était debout, dans son petit manteau noir, soutenue par ses deux fils. Les deux frères étaient redevenus deux enfants qui disaient au revoir à leur père, deux enfants en larmes. Paul avait ôté ses lunettes noires. Il ne voulait pas dissimuler sa tristesse derrière un artifice. C'était peu de chose, mais il voyait dans ce geste comme un respect supplémentaire. On ne masque pas son chagrin quand un père s'en va.

La petite troupe silencieuse qui accompagnait Adrien dans son dernier voyage regardait le cercueil descendre lentement. Puis ce fut la litanie des condoléances. À la famille, aux amis et aux voisins s'étaient ajoutés des badauds indiscrets car derrière le fils, Paul Clermont, il y avait l'homme célèbre, Paul Saran. Les inévitables curieux voulaient voir l'homme de la télé. Son regard habitué avait perçu quelques flashs qui crépitaient derrière les bosquets. La décence n'était pas de ce monde. Paul était désespéré… pour sa mère, pour son frère et pour la mémoire d'Adrien ! Il s'en voulait presque d'être Paul Saran, cet animateur-vedette, que des imbéciles sans foi ni loi pourchassaient pour monnayer leurs clichés aux plus offrants et qui l'empêchaient de vivre son deuil avec sérénité. Mauvaise rançon d'une gloire parfois éphémère.

Si Paul gardait tenue et dignité, il était intérieurement dévasté. Sa femme Suzanne le savait. Emma aussi le savait… Elle essaya d'être forte pour ses garçons. Elle les regarda tous les deux. Finalement, elle ne savait pas qui était le plus solide d'entre eux. Bien sûr, en apparence, c'était Paul… Paul qui s'était battu comme un forcené pour faire cette carrière à la lumière. Mais en apparence seulement… Parce que Marc aussi avait été au bout de ses ambitions. Comment allait-elle faire à présent pour vivre seule ? Après cinquante-huit ans de vie commune, son compagnon de vie était parti. Quel goût, quel sens pouvait avoir l'existence dans ces conditions ? Son regard s'arrêta un instant sur ses petits-enfants… Elle fit reculer ses larmes. Ils étaient beaux et ils avaient besoin d'une grand-mère… Oui, il y avait toujours des raisons de trouver de la beauté à la vie. Elle était même certaine que c'était Adrien qui lui susurrait toutes ces choses à l'oreille. Était-ce lui aussi qui lui soufflait ces beaux souvenirs qu'ils avaient eus en commun ? Leur amour réparateur de la rue Buffon, l'arrivée de Marc, de Paul, le déménagement dans la maisonnette de Bagneux ; les premières vacances à Onival, près du Tréport, tous entassés dans la 4-chevaux, la fierté d'Adrien ; puis la construction du pavillon à Longpont réalisée dans la joie avec les enfants d'Anna, la femme de Louis, le frère décédé trop tôt ; leur fierté de voir que leurs deux fils s'étaient accomplis, leur joie quand ils s'installaient devant la télé pour regarder une émission présentée par Paul.

Et cette journée folle à Cannes, quand ils avaient rencontré Charles Trenet, leur idole. « Madame et monsieur Clermont, avait dit le grand Charles, vous allez laisser votre fiston à ses affaires et je vous emmène faire un tour de voiture ! »

Et ils étaient partis à rire et chanter dans la Rolls de monsieur Trenet, le poète et fou chantant de leurs jeunes années.

À cette évocation, un sourire s'esquissa sur le visage d'Emma. Elle croisa le regard étonné de Paul.

— Je pense à Papa dans la Rolls, avec monsieur Trenet… On avait tellement ri.

Saran sourit à son tour. Sacré Trenet ! Il se souvenait de cette réponse merveilleuse qu'il avait faite à la question : « Croyez-vous en Dieu ? — Oui… mais lui aussi a cru en moi puisqu'il m'a permis de vivre une existence si privilégiée. »

En ce jour de deuil, de tristesse, Saran eut envie de faire sienne cette réplique de poète. N'avait-il pas, lui aussi, eu la chance d'avoir une vie privilégiée ? Lui n'avait peut-être pas cru en Dieu, mais il avait cru en ses parents et ses parents avaient cru en lui.

Le sourire d'Emma s'effaça de nouveau.

Un nuage noir venait d'assombrir ces jolis souvenirs.

Un autre son, un autre vent... Ce n'était plus le vent d'Adrien qui soufflait, mais celui de Roberto... Le bel Italien à la moustache et aux cheveux noirs qui revenait du fond des âges, l'ange maudit de sa jeunesse... Elle semblait entendre son rire de tête qui l'agaçait bien souvent et ses mots terribles : « Regarde-le bien ce gamin, ton petit Pierre, tu le reverras plus ! » Une nouvelle image qui convoqua de nouvelles larmes. Paul la serra dans ses bras : « Je vais m'occuper de toi, Maman. »

Emma sourit faiblement. Aurait-elle les épaules suffisamment solides pour supporter le poids du secret toute seule ? La force de caractère d'Adrien l'avait aidée à le faire pendant toutes ces années. Mais maintenant... Elle se sentait un peu coupable de ne jamais avoir évoqué cet épisode de sa vie. Bien sûr, les garçons savaient qu'elle avait été mariée très jeune et que cela n'avait pas marché, mais ils ignoraient tout de ce demi-frère perdu.

C'était sans doute mieux ainsi.

Emma aussi partirait avec son secret.

*

* *

27

Un secret peut en cacher un autre

L'Isle-sur-la-Sorgue.

Après la découverte de la lettre, Pierre Corti s'était effondré. Il avait dormi plus de douze heures et s'était réveillé le lendemain matin avec l'impression d'avoir toujours un pied dans son cauchemar.

Carole était déjà levée et avait installé le petit-déjeuner sur la table du jardinet. Pierre vint s'asseoir, renfrogné, taiseux, l'œil sombre. Sa femme lui servit un café serré.

— Qu'est-ce tu comptes faire, Pierre ?

Carole n'avait pas essayé de parler d'autre chose. Elle savait que c'était inutile tant que l'abcès ne serait pas crevé, rien d'autre n'aurait d'importance.

Il leva un regard dur.

— Quel genre de chose crois-tu qu'il soit possible de faire ? Y a rien à faire ! T'enterres ton père et à peine la tombe refermée, t'apprends que c'est un salaud ! En quoi était-il fait pour me balancer ça ? C'est quoi la raison, au juste ? S'il a menti, tu crois pas qu'il pouvait le garder pour lui, ce mensonge ? C'est quoi, ma faute à moi ? Qu'est-ce que j'ai fait pour mériter ça ?

— Il ne voulait pas partir sans que tu saches la vérité.

— À quoi ça sert, la vérité ? Et pourquoi qu'il me l'a pas dite avant de mourir ? Une lettre de lâche, voilà ce que c'est ! Mon père était un lâche !

Carole n'aimait pas ces mots et elle n'aimait pas que Pierre les prononce. Ce n'était pas dans ses habitudes. Certes, il était triste et en colère, mais peut-être y avait-il une explication à l'attitude de Roberto. Depuis le temps qu'elle connaissait son beau-père, elle n'avait jamais trouvé qu'il fut un homme agréable. Il était cassant, égoïste, sombre, acariâtre et malgré son âge usait parfois de violence. Il n'avait jamais montré d'affection particulière à son endroit pas plus qu'à l'égard de son fils unique.

— De toute façon, il m'a jamais aimé ! J'ai toujours lu une sorte de rejet dans son regard, dans son attitude… Et j'ai jamais su vraiment pourquoi. J'étais pas le gosse idéal… C'est sûr. Quand j'étais ado, j'ai fait pas mal de conneries…

— Ah bon ? Mais quoi, au juste ?

— Mais des conneries de gamin, s'agaça Pierre. À quatorze ans, avec des copains, on est rentré dans une maison abandonnée de Sainte-Geneviève-des-Bois, on a cassé quelques carreaux, piqué des petits trucs… Mais c'était une baraque à l'abandon, tu comprends ? On s'est fait choper… mais je me souviens surtout du retour à la maison et je peux te dire que je me rappelle bien la boucle de son ceinturon ! M'a pas raté ce jour-là !

— Et Catherine ?

— Oui, bien sûr, Catherine, elle était sympa… Elle prenait ma défense quand elle pouvait… mais elle pouvait pas souvent. En tout cas, pour la maison de redressement, elle a rien pu faire… Puis elle avait Claudie, sa fille.

Carole voulut se rallumer une cigarette, mais y renonça pour ne pas entraîner Pierre qui fumait beaucoup trop.

— C'est quoi, cette histoire de maison de redressement ? Tu ne m'en as jamais parlé.

Pierre plongea son nez dans son bol de café.

— Si tu crois qu'on se vante de ça. Les internats correctifs qu'ils appelaient ça à l'époque, tu parles !

— C'était quand ?

— Vers 58 ou 59… Le début des blousons noirs, des bandes… Tout ça inquiétait le bourgeois, que veux-tu ! C'étaient des mesures pénitentiaires pour les mineurs… Une chambre, un lit, une porte et un verrou ! Et à c't'époque, tu sais, les enfants, les jeunes, c'étaient pas encore les vaches à lait de la société de consommation. Fallait pas grand-chose pour se retrouver en maison de correction. J'avais « emprunté » une mobylette. Alors, on a mis le vilain petit canard au trou pour la paix de la famille. Et quand tu sortais de là-dedans, tu sais… à part bosser en usine ou prendre le volant, y avait pas beaucoup de trucs à faire.

Carole prit la main de son mari.

— Je comprends… mais je voulais dire… que comptes-tu faire pour ta mère ?

— Ma mère ? Mais elle est morte ! répliqua-t-il d'un ton sec.

— Mais non, ne dis pas ça… On ne peut tout de même pas faire comme si cette lettre n'existait pas !

Pierre regarda en ayant l'air de ne pas comprendre.

— Et quoi ? Je me pointe à la télé… Monsieur Saran, je me présente, je m'appelle Pierre Corti et je suis votre demi-frère !

— Mais… pourquoi pas ?

— C'est ridicule ! Qu'est-ce qu'il va croire, ce gars ? Que je viens le taper ? Non, Carole… Il faut laisser ça… Sur son lit de mort, ce salaud ne me demande même pas de l'excuser… Il me balance cette nouvelle comme on jette un os à un chien errant !

Carole lui caressa la main.

— Je suis une mère, moi aussi…

— Et alors ? cracha Pierre d'une voix étranglée.

— J'imagine simplement la souffrance de… de cette femme, quand ton père t'a emmené. Pour elle, peut-être que tu devrais essayer…

Pierre haussa les épaules.

— Qui te dit que cette lettre n'est pas un ramassis d'âneries ? Que le vieux a fait ça pour me torturer d'outre-tombe ! Qu'est-ce que c'est d'autre qu'une vengeance ? Hein, Carole ? Une vengeance ?

— Mais pourquoi aurait-il voulu se venger de toi, son propre fils ?

— Qu'est-ce que j'en sais, moi… J'étais pas dans la tête de ce vieux ! Tu te rends compte, on l'a hébergé, tu t'es occupé de lui comme s'il était ton propre père et voilà comment il nous remercie…

Il enfouit son visage entre ses mains.

— Je ne veux plus entendre parler de ça… Je suis sûr que c'est pas vrai.

Carole se leva, se rendit dans la cuisine, s'arrêta devant un petit panneau de liège et décrocha une des photos de famille épinglée et vint la déposer sur la table devant Pierre.

— Et ça ? Ça te dit rien ?

Il regarda le cliché en couleur.

— Quoi ? Pourquoi tu me montres une photo de Michel ?

— Notre fils... Il ne te rappelle personne ? Y a pas une ressemblance qui te frappe ? Rien ? Vraiment ?

Pierre fronça les sourcils. Il commençait à réaliser...

Michel Corti, le fils unique de Pierre et Carole, était la réplique adolescente de Paul Saran.

*

Le docteur Cordeau, leur médecin de famille, avait prescrit des calmants pour Pierre ainsi qu'une semaine d'arrêt de travail. Ce n'était pas raisonnable de s'arrêter en cette saison touristique, mais il n'avait pas bronché. Il se sentait tellement fatigué, vidé... L'impression qu'un morceau de sa vie lui avait été arraché. Il voulait dormir, ne plus penser.

Pendant qu'il se reposait, Carole avait décidé de faire place nette et de vider la petite maison de Roberto. Elle aussi était en colère. Ce beau-père qu'elle n'avait jamais vraiment apprécié et qu'elle avait hébergé chez elle, plus par compassion que par affection, venait de la remercier de la plus insidieuse des manières : en inoculant un poison terrible dans les veines de son mari. Comment Pierre allait-il vivre avec une pareille information ? Ses nuits seraient peuplées de cauchemars, les terreurs d'enfant reviendraient à la surface. Elle allait faire le vide dans cette maisonnette, mettrait toutes les affaires de Roberto en carton et s'en débarrasserait. Pas la peine de garder des souvenirs inutiles.

Tandis qu'elle enfournait avec nervosité les vêtements dans des grands sacs plastiques, elle s'énervait de plus en plus, la poussière lui piquant le nez et les larmes, les yeux. Elle poussa un cri de rage et se laissa tomber sur le lit, en sanglots.

Quel sale type !

La première surprise passée, la première émotion *dépassée*, la raison revenait en force. Pierre n'avait pas tort. Nul pardon dans cette lettre, nulle rédemption… Juste une vacherie de plus. Et une vengeance, oui, assurément.

Mais pourquoi ?

Elle essaya de se calmer et envisagea les différentes solutions : ne rien faire et étouffer cette affaire dans l'œuf ou chercher à comprendre quoi qu'il en coûte. Carole se persuada très vite que sans réponse claire, Pierre ne s'en remettrait pas. Il avait toujours été d'un naturel dépressif et les dernières années n'avaient rien arrangé. Il fallait retrouver une vérité, une explication, une mère… du moins celle que Roberto prétendait *être* sa mère. Et le seul lien qu'ils avaient avec elle, c'était Paul Saran.

Elle sécha ses larmes. La perspective d'agir la réconforta et elle reprit son ménage. Quelques minutes plus tard, elle s'arrêtait de nouveau. Elle venait de trouver, dissimulée sous le lit, une boîte à chaussures dans laquelle traînaient quelques vieux papiers… Un livret militaire qui faisait état des services de Roberto pendant la guerre, deux ou trois contrats de travail, des notifications d'huissiers et un compte rendu de justice… Le cœur de Carole battit la chamade. C'était le document qui donnait la garde de Pierre Corti à son père Roberto. Quatre pages dactylographiées d'une violence inouïe, où froidement, cliniquement, le juge exposait la situation : « *Une jeune femme de vingt et un ans, Emma Corti, née Biaggio, sans emploi, sans ressources, qui, ayant quitté le domicile conjugal pour rejoindre son amant, est dans l'incapacité de s'occuper de l'enfant. La garde en incombera de fait à monsieur Roberto Corti, domicilié au*

7 rue de l'Espérance, occupant un poste d'agent commercial dans un magasin de peinture. »

Ce petit document glaçant faisait ressortir tout le poids d'une vieille tragédie oubliée. Un petit fait divers, invisible au cœur du monde, un infime drame social comme il en existait tant, mais qui détruisait un homme, une famille et qui volait l'histoire d'un enfant. Carole se sentit profondément touchée par ce passé qui remontait sans crier gare d'une boîte à chaussures vieillie. Elle continua son inventaire… Un carnet de santé. Une lettre qui était coincée entre les pages tomba. Elle la ramassa, la déplia… Un papier vieux comme un autre monde. C'était l'ordonnance d'un certain docteur Stirn-Meyer, docteur à l'hôpital de la Pitié dans le treizième arrondissement de Paris et qui préconisait une hospitalisation d'urgence… Carole la parcourut… Mais non… c'était impossible !

Lorsque Carole sortit de la maisonnette, elle vacillait…

*

Elle regardait défiler le paysage en buvant un café, accoudée au comptoir du wagon-restaurant. La Bourgogne ondulée était encore verte ; ses clochers pointus dardaient sur les éminences boisées et dominaient des petits villages accrochés aux collines. Ce spectacle qui fusionnait la vitesse et la lenteur avait quelque chose d'hypnotique. Dans moins d'une heure, Carole serait à Paris. Trois ans qu'elle n'était pas montée à la capitale.

Lorsqu'elle avait annoncé son départ, Pierre n'avait rien dit, pas plus qu'il n'avait bronché quand elle lui en avait donné la raison : rencontrer Paul Saran. Elle avait bien compris qu'elle allait devoir prendre les choses en main, que Pierre surnageait comme il le pouvait avec cette nouvelle vérité que le destin lui imposait. Il ne parlait pas, mais il ressassait, ruminait, broyait du noir, elle le savait. Cet homme qu'elle connaissait depuis trente ans n'était pas un bavard. La pudeur dictait sa conduite avant tout chose… Mais trop de pudeur, trop de non-dits rendaient parfois la vie de couple compliquée.

Cette nouvelle découverte dans la boîte à chaussures avait conforté Carole dans son idée de rencontrer la mère. Paul Saran étant le seul point de jonction, elle s'était arrangée pour trouver une place dans le public de son émission *Comme on se retrouve*. Sa sœur Céline, qui habitait Paris, avait réussi à lui en réserver une. Les deux femmes, qui ne s'étaient pas revues depuis longtemps, se contentèrent d'un café rapide au bar d'une brasserie de la gare de Lyon. Elles s'embrassèrent sans aménité particulière, se « racontèrent » sans excès. Le temps, la distance n'avaient rien fait pour les rapprocher. Céline lui glissa la place.

— Pas facile à obtenir ce truc… Il n'y a que trois cents places disponibles et c'est très demandé. Je savais pas que tu étais fan de Mireille Mathieu.

Carole remercia sa sœur sans prendre la peine de lui expliquer la véritable raison de sa venue. Puis elles se quittèrent sans plus de cérémonie.

Paul Saran se faisait démaquiller dans sa loge. Il en profitait pour téléphoner à sa mère. C'était une habitude qu'il avait gardée depuis ses débuts. L'avis d'Emma comptait plus que tout.

— Alors, maman ? C'était comment ?

— *Formidable, mon grand.*

— Pas trop larmoyant ?

— *Pas du tout... mais c'est vrai que j'ai pleuré. C'était émouvant quand toute sa famille s'est mise à chanter* Mille colombes *avec Mireille.*

— Oui, je crois que c'était un beau moment de télé.

— *Formidable ! Surtout avec sa mère.*

Emma se mit à fredonner.

— *Donnez-nous mille colombes,*
Et des millions d'hirondelles,
Faites un jour que tous les hommes,
Redeviennent des enfants...

Cela fit sourire Saran

« Avec leur mère, les hommes ne restent-ils pas toute leur vie des enfants ? » songea-t-il.

Des éclats de voix attirèrent soudain l'attention de l'animateur. Il dut raccrocher et il sortit dans le couloir. Véritable raffut. Cela arrivait parfois que des fans se faufilent et insistent lourdement pour le voir et le service de sécurité repoussait les indiscrets, mais le cri d'une femme l'avait alerté. Il sortit précipitamment.

— Qu'est-ce qu'il se passe, Philippe ?

Un grand gaillard en blazer sourit, l'air bonhomme.

— Ne vous tracassez pas m'sieur Saran, on gère !

— Monsieur Saran !

C'était une voix étranglée, presque désespérée qui l'interpellait.

Au bout du couloir, masquée derrière un barrage de gros bras, une silhouette s'agitait.

— Monsieur Saran, s'il vous plaît ! C'est important.

Habituellement, c'était toujours les mêmes qui faisaient le pied de grue devant sa loge. Là, c'était une nouvelle tête. La détresse de cette femme était palpable.

— Laissez passer cette dame, s'il vous plaît.

La sécurité s'écarta pour laisser apparaître une femme d'une cinquantaine d'années, blonde, un peu ronde, avec un sourire timide.

— Merci, monsieur Saran, je ne vais pas vous déranger longtemps...

Elle lui tendit une enveloppe.

— Il faut absolument que vous lisiez cette lettre...

Machinalement, Saran s'en saisit.

— Merci madame, je...

— Ce n'est pas une lettre d'admiration... C'est autre chose. Le père de mon mari vient de mourir. Il s'appelait Roberto Corti. Peut-être que ce nom vous dit quelque chose ?

Saran réfléchit quelques secondes et secoua la tête négativement, accompagnant son geste d'un sourire d'excuse qui pouvait vouloir dire : « Vous savez, je rencontre beaucoup de monde... »

— Je comprends, continua la femme, mon beau-père nous a laissé cette... cette lettre... et... elle nous a bouleversés...

— Je ne vois pas...

— Elle vous concerne.

— Moi ? À quel titre ?

— Je... ne peux pas vous le dire comme ça...

Encore une folle !

— Tout est dans cette enveloppe ! Vous verrez, c'est incroyable, mais tout est vrai.

Saran plia l'enveloppe dans sa paume pour en finir et fit un clin d'œil discret à la sécu.

Philippe posa une main délicate sur l'épaule de l'intruse.

— Madame, les studios vont fermer, il faut partir.

Elle recula en regardant Saran avec intensité.

— Je vous en prie, monsieur Saran, promettez-moi de lire cette lettre… J'ai mis mon adresse et mon numéro de téléphone. Rappelez-moi, c'est très important.

— Oui… oui, je vais la lire, je vous le promets.

Elle sourit timidement, puis elle tourna le dos et s'en alla rapidement.

Saran ne bougeait toujours pas. Si l'esprit de cette femme était dérangé, elle avait au moins l'accent de la sincérité. Il jeta un œil rapide au verso de l'enveloppe : Pierre et Carole Corti, 25 rue des Saules – 84800 L'Isle-sur-la-Sorgue.

L'adresse était suivie d'un numéro de téléphone.

Il enfourna la lettre dans sa poche et aussitôt son esprit se concentra sur l'émission qui venait de se dérouler…

Oui, encore un beau moment de télé !

*

* *

28

Faites un jour que tous les hommes

Lorsqu'il sortit du studio, Paul Saran avait déjà oublié la visite de l'inconnue, concentré sur le débriefing de l'émission. Mireille Mathieu avait été parfaite, comme d'habitude, gentille et professionnelle. Saran l'aimait bien, elle avait du cœur et de l'âme. Elle amusait les moqueurs, mais sa sincérité touchait le public et c'était le plus important.

Il se jeta sur la banquette arrière de la voiture qui l'attendait sur le parking. Jérôme était au volant.

— Alors, Jérôme, t'as vu l'émission ?

— Évidemment.

— T'as trouvé ça comment ?

— Excellent ! La famille qui chante avec elle… c'est de l'émotion en barre !

— Génial ! J'avais un peu peur de la guimauve, mais non… C'est réussi. Maintenant, il faut que je planche sur *La Vérité en questions* spécial Coluche !

— Il a accepté finalement ?

— Oui, à condition qu'on tourne à Cannes.

— Je vois…

— Pour l'instant, tu me ramènes à la maison, je suis épuisé.

Saran se posa, essayant de ne penser à rien, de faire le vide. Après chaque émission le niveau d'adrénaline était tel que ces instants de détente fugace étaient essentiels. Chaque émission était un rendez-vous avec le téléspectateur, un moment privilégié où l'objectif était de lui faire oublier les moments désagréables du quotidien. Aucune ficelle, aucun savoir-faire ne devait apparaître. Tout devait être fluide et donner l'impression de la facilité, de l'évidence... Pour cela, c'étaient de longs mois de préparation et de travail.

Il se sentait bien. La fatigue l'envahissait, cette fatigue saine qui s'accompagnait de la sensation du travail correctement réalisé. Il baissa la tête et aperçut la lettre qui dépassait de sa poche. *Ah tiens !* Il avait déjà relégué cet épisode de l'inconnue éplorée dans la catégorie des femmes qui s'inventent des vies auprès des notoriétés.

Il ouvrit l'enveloppe.

Monsieur Saran,

Mon beau-père, Roberto Corti, vient de mourir à l'âge de quatre-vingt-sept ans dans notre maison de l'Isle-sur-la-Sorgue. Je ne sais pas si ce nom vous dit quelque chose ou vous rappelle quelqu'un, mais Roberto Corti fut le premier mari de votre mère, Emma. Ils s'étaient mariés pendant la guerre, mais ils ont divorcé en 1945. De cette union est né Pierre Corti, aujourd'hui mon mari.

À sa mort, Roberto a laissé une lettre à son fils. Une lettre terrible, qui nous a profondément bouleversés et blessés.

Je vous en joins la photocopie.

J'espère que vous nous appellerez... C'est important.

En vous remerciant,

Carole Corti.

Saran relut une deuxième fois pour être bien certain de comprendre ce qu'il lisait. Puis il déplia la seconde lettre. C'était une lettre manuscrite dont l'écriture était légèrement tremblotante comme celle des personnes âgées. Avant de commencer sa lecture, il nota d'abord la signature au verso, Corti. Un nom sans prénom.

Fils,

C'est bientôt la fin. Je n'ai plus de force, plus d'espoir, plus de larmes...

Une fois sa lecture achevée, Saran se sentit oppressé. Il baissa sa vitre. Un peu d'air.

— C'est une histoire de fou !

Jérôme se tourna légèrement.

— Encore une fan, Paul ?

— Là... je ne crois pas.

Il se plongea à nouveau dans la lecture de la lettre, deux fois, trois fois. Dans sa tête, les mots se bousculaient, s'imbriquaient, se mélangeaient, faisant comme une valse endiablée... Tournis ! Il y avait des mots qui s'imposaient plus que d'autres... Mensonge, honte, vengeance, cancer, humiliation, châtiment, secret...

Dans un réflexe, il voulut appeler sa mère, mais non... C'était ridicule.

— On est arrivés, Paul.

Saran sortit de la voiture comme un boxeur qui sort du ring après s'être relevé d'un *knock-out*. L'adrénaline était retombée et il se sentit écrasé de fatigue. Il voulait dormir, dormir, dormir... Ne plus penser. Demain serait un autre jour et il y avait la radio.

Mais sa nuit fut blanche et ses idées, noires.

*

— Maman, quel était le nom de ton premier mari ?

Il y avait eu un léger silence – un temps mort.

— *Il s'appelait Roberto, Roberto Corti… Pourquoi tu me demandes ça, mon grand ?*

Il y avait de l'inquiétude dans la voix d'Emma.

— Ce n'est rien d'important, ne te tracasse pas, maman… Je voulais juste savoir. Je dois te laisser.

Saran avait rapidement écourté la conversation pour ne pas avoir à s'expliquer plus avant. Bien sûr, il ne pouvait pas lui dire, lui raconter cette rencontre improbable avec cette madame Corti. Il ne devait pas inquiéter inutilement sa mère. Il la protégeait depuis si longtemps, surtout depuis la disparition d'Adrien, et il voulait d'abord en savoir un peu plus sur le fin mot de cette affaire avant de lui en parler.

Une autre chose le tracassait, cependant, une chose qu'il avait enfouie dans sa mémoire depuis tant d'années, un souvenir que cette lettre faisait soudain jaillir à la surface. Une réminiscence fugace. Il s'agissait d'une conversation qu'il avait eue avec son frère alors qu'il avait une douzaine d'années. Marc avait trouvé dans une valise quelques petits secrets de famille dans lesquels il était question, ni plus ni moins, d'un enfant perdu… Paul ne savait plus trop bien. C'était une image très floue, presque effacée. À cette époque, l'enfant qu'il était n'avait attaché aucune importance à cette nouvelle… Ce n'était pas son monde, pas son histoire… La sienne, il la ferait.

Dès qu'il était sorti de la radio en fin de matinée, il avait appelé Emma… Il voulait être sûr. À présent, il l'était.

À l'aune de cette information, il avait relu plusieurs fois les derniers mots de Roberto.

Paul sentait qu'il y avait dans cette lettre quelque chose au-delà des faits qu'elle énonçait, comme un non-dit sous-jacent derrière chaque paragraphe. Il sentait que ces mots odieux masquaient un autre secret, une autre histoire. Avec les éléments dont il disposait, il essaya de reconstituer cette vie qui paraissait tellement torturée, cette vie que, pendant un temps, sa mère avait croisée…

Pour résumer :

Roberto Corti écrit à son fils, Pierre, le mari de Carole… Il lui apprend sans ménagement qu'il lui a toujours caché la vérité sur sa mère : que celle-ci n'est pas morte en couches, mais qu'elle est toujours vivante et qu'elle est aussi la mère de l'animateur, Paul Saran… *Mensonge !* Voilà donc un homme qui, à plus de soixante ans, apprend qu'il n'est pas l'orphelin qu'il a toujours cru être ! Qu'il se découvre une famille et que cette famille est celle d'un homme célèbre… *Secret !* Ce Roberto, aux portes de la mort, décide de rétablir la vérité auprès de son fils… Par souci d'honnêteté ? Pour un besoin de rédemption ? de pardon ? Non… Pour assouvir une rancune qui le brûle… *Vengeance !* Corti veut-il se venger de son fils ? Non, il veut punir, par-delà les années, celle qui l'a trompé ! Lui avoir arraché son enfant n'a pas suffi à apaiser sa haine, il veut frapper une dernière fois avant de partir… *Malédiction !*

Il restait un autre mot qui pour Saran était un mystère de plus dans cette lettre… C'était le mot « accident ». À quoi faisait-il référence au juste ? S'il n'y avait pas eu ce « fichu accident !… Sans lui, les choses auraient été différentes ».

Qu'est-ce que cela pouvait être ?

La trahison de l'adultère n'était pas suffisante pour expliquer un ressentiment de soixante années ! C'était cette autre « chose » qui avait nourri la haine de Roberto Corti tout au long de sa vie.

Mais quelle était la nature de cet accident ?

Ce fut un homme soucieux qui rentra chez lui. Suzanne ne lui posa pas de questions, mettant son agitation sur le compte d'une journée difficile.

La rencontre avec Carole Corti avait, au fil de la journée, pris de plus en plus de place dans son esprit. N'était-il pas, Paul Saran, l'animateur-vedette, victime d'une mystification ? D'un autre côté, pouvait-il écarter cette visite d'un simple revers de la main ? Bien sûr que non, d'autant que la réponse de sa mère avait confirmé la possibilité que cette lettre ne fût pas qu'un ramassis de fantasmes mythomanes.

Et si tel était le cas, Pierre Corti serait donc son demi-frère !

Quarante-huit heures plus tard, sa décision était prise. Il attendit d'être à son bureau et il appela Carole. Il était disposé à rencontrer son mari le plus rapidement possible. Il ne voulait pas en parler à sa mère avant de se faire une idée précise de la situation. Carole comprenait tout à fait.

Le lendemain, Saran était au volant de sa voiture en direction de l'Isle-sur-la-Sorgue. Quelle que fût la réalité de cette histoire, il devait en éclaircir toutes les zones d'ombre. Il n'avait rien dit à Suzanne, son épouse… C'était la première fois qu'il lui cachait quelque chose. Ils avaient toujours fait front ensemble depuis tant d'années… Mais là, il n'avait pas osé. Être sûr d'abord. La route, pourtant longue, ne lui parut pas et quelques heures plus tard, il garait sa voiture non loin du 25 de la rue des Saules. Il faisait chaud. Il était impatient, pressé d'en finir, et en même temps quelque chose le retenait. Pieds de plomb. Mais il fallait prendre son courage à deux mains. En arrivant devant le petit pavillon, il eut l'impression de voir un rideau bouger. Quelque chose de furtif, de provincial. Son cœur bringuebalait. Au moment de poser son doigt sur la sonnette, il fut pris d'une farouche envie de faire demi-tour, de laisser cette histoire en plan ! Était-ce vraiment sa place ?

Il sonna. Un chien aboya. La porte s'ouvrit.

Un homme lui souriait timidement et lui tendait la main.

— Pierre Corti.

— Paul.

Les deux hommes se regardèrent, se dévisagèrent.

— Allons, allons, fais entrer monsieur Saran, Pierre.

La voix de Carole, chaude et accueillante.

L'animateur fut invité à entrer dans le salon. On lui proposa un café qu'il refusa. Discrètement, il observait Pierre, cherchant dans son visage une ressemblance avec celui d'Emma. Il n'en trouvait pas. Cet homme pourrait être n'importe qui. C'était une sensation curieuse, presque dérangeante, de se dire qu'il était peut-être son demi-frère. Il n'arrivait pas à écarter complètement l'idée qu'il s'agissait peut-être d'une supercherie, même s'il lisait dans le regard de Carole une vraie sincérité. Professionnellement, Saran avait pour habitude d'aller droit au but, de ne pas perdre de temps en circonvolutions inutiles. Il ne dérogea pas à cette règle.

— Pierre, si j'ai bien compris, votre père a été le premier mari d'Emma Biaggio… ma mère… Et vous ne le saviez pas.

Pierre s'était assis dans un fauteuil et fumait nerveusement, le regard un peu perdu. Il leva la tête.

— Je l'ai appris le mois dernier, à la mort du vieux. T'es sûr que tu veux rien prendre ?

Pierre Corti était passé au tutoiement sans pour cela marquer de familiarité particulière.

— Merci, non.

— Et toi ? Tu savais que t'avais un demi-frère ?

Saran se contenta de répondre négativement d'un mouvement de tête.

— C'est dingue ! jeta Corti en expirant la fumée de sa cigarette.

— J'ai besoin de tout savoir, reprit Saran, vous… tu comprends ? Je ne peux pas prévenir ma… ma mère avant d'être sûr.

Carole prit la parole.

— Encore merci d'être venu, monsieur Saran, je comprends vos doutes, mais hormis cette lettre adressée à Pierre, j'ai retrouvé dans les papiers de mon beau-père la preuve formelle que votre mère Emma est également la mère de Pierre.

Elle lui tendit le document officiel qui donnait la garde de l'enfant à Roberto Corti au détriment d'Emma Biaggio à l'issue d'un divorce difficile. Saran le lut rapidement et admit volontiers que toute cette folie était vraie. Il regarda le couple qui restait silencieux, guettant ses propres réactions. La situation devait être difficile pour eux aussi, il le sentait.

Pierre écrasa sa cigarette dans un cendrier et en ralluma aussitôt une autre. L'atmosphère était enfumée.

— C'est quand même incroyable que tu n'aies jamais su qu'elle avait eu un autre enfant.

— Non… enfin, pas vraiment… Une vague rumeur, quand j'étais enfant. Mais c'étaient des problèmes d'adultes et ce n'était pas un sujet dans la famille. Mes parents ont toujours été secrets… Des taiseux, comme on dit.

La conversation dura encore une bonne heure, pendant laquelle Pierre parla de Roberto, puis de sa vie. La pension, la maison de correction à quatorze ans, les études bâclées, les petits boulots, puis la route... Pendant plus de vingt-cinq ans, il avait pris le « cerceau » comme on disait chez les routiers, vingt-cinq ans sur les routes comme chauffeur de poids lourds. Une vie d'errance, en somme. Il s'était toujours cru orphelin de mère... Il savait qu'elle s'appelait Emma, qu'elle était d'origine italienne, qu'elle-même n'avait pas de famille. C'était une femme fragile, elle n'avait pas survécu à l'accouchement... C'était tout. Roberto n'en avait jamais dit plus... Si, une photo. Pierre la sortit de son portefeuille et la tendit à Saran.

Sur la photo en noir et blanc, usée jusqu'à l'effacement, il voyait une Emma souriante, toute jeune, dix-huit ans peut-être, jolie comme un cœur et qui donnait le bras à un garçon à l'allure fière à peine plus âgé qu'elle. Par réflexe, il chercha aussi la ressemblance du jeune Roberto avec Pierre... Impossible. La patine du temps avait fait son office. Corti rangea consciencieusement le cliché, ce petit carré de papier qu'il avait dû regarder des milliers de fois.

Le regard de Paul n'arrivait pas à se détacher de la photo.

Il avait soudain l'impression de pénétrer dans une autre vie, une autre dimension, où il n'avait pas sa place. Lui, l'homme de télévision, le chef d'entreprise, l'homme pressé que décrivait si bien Paul Morand[1], l'animateur boulimique, se retrouvait dans un monde où le temps n'était plus le même. Lui qui avait si souvent l'habitude de voir les gens

1. *L'Homme pressé,* un roman de Paul Morand publié en 1941 aux éditions Gallimard.

un peu maladroits face à « l'homme de télé » se retrouvait tremblant et impressionné devant ce couple.

Il se laissa tomber sur le fauteuil et demanda un verre d'eau à Carole. Il regardait toujours la photo…

Emma.

Il resta silencieux un long moment, puis se leva.

— Pierre… j'imagine bien sûr, que tu veux voir ta mère… enfin *notre* mère.

Corti hocha rapidement la tête. Ses yeux s'étaient mis à briller soudainement, mais les mots ne sortaient pas.

Sans réfléchir, Paul l'attrapa par les épaules et l'embrassa.

— Je dois y aller… Je te tiens au courant.

Ils n'en dirent pas plus.

Carole raccompagna Saran à la porte d'entrée. Elle l'arrêta un instant sur le perron.

— Je voulais vous dire, Paul… Je n'avais pas l'intention de vous bouleverser avec notre histoire, vous savez, ni de vous causer des ennuis… D'ailleurs, Pierre ne voulait pas que je vous contacte, mais depuis qu'il sait… il n'est pas très bien. Ça a été un tel choc pour lui.

— Je comprends, Carole… Vous avez bien fait. C'est difficile, mais vous avez bien fait. Votre histoire est bouleversante et elle me touche, mais surtout… je pense à Maman… à Emma… Quelle souffrance elle a dû ressentir. Je n'ai jamais eu vraiment conscience de ça. Je connais la vie laborieuse qu'ont menée mes parents, j'y ai participé longtemps, mais que cette femme, qui a été pour mon frère et moi une mère incroyable, ait pu garder un tel secret toute sa vie, je… j'ai du mal à l'imaginer… Merci, Carole.

Ils s'embrassèrent.

— Paul ? murmura-t-elle dans un souffle.

— Oui ?

— J'ai découvert autre chose… mais je pense que c'est à votre mère que je dois l'annoncer en priorité… C'est elle qui choisira de vous le dire ou pas.

— J'espère que ce n'est pas une mauvaise nouvelle ?

— Pour être franche avec vous, je n'en sais rien du tout.

La porte se referma.

*

* *

29

Sous le prunus rose

Paris.

Suzanne, jolie femme blonde, élégante, assise sur le sofa du salon les jambes croisées, regardait Paul en silence. Elle venait de terminer la lecture de la lettre.

— J'aimerais comprendre pourquoi tu ne m'en as pas parlé tout de suite ?

— Je voulais être sûr.

Saran raconta la visite de Carole, son voyage secret à l'Isle-sur-la-Sorgue et la rencontre avec Pierre Corti. Il avoua ses doutes, sa crainte d'être la proie de gens mal intentionnés... Puis l'évidence : cet homme était bien le premier fils d'Emma... Cet enfant qui lui avait été arraché alors qu'il n'avait que dix-huit mois et qu'elle n'avait jamais revu. La confession de Paul fut parcourue de silences, de gorges nouées, de regards humides.

Suzanne s'épongea les yeux.

— C'est terrible... Quand je songe à ce qu'a dû endurer ta mère... Pauvre Emma. Comment a-t-elle pu tenir toutes ces années sans en parler ?...

— Je n'ose pas l'imaginer… Mais, connaissant mon père comme je le connais, ils ont dû choisir d'étouffer ce secret, de le terrer comme un trésor. Tu sais bien que chez les Clermont, il ne faut pas que les choses se sachent, enfin, le moins possible… Alors un tel drame, tu penses.

— Tu lui as parlé ?

Saran regarda longuement sa femme avant de répondre.

— Non… Je… je n'ai pas encore pris ma décision.

Suzanne fronça les sourcils.

— Parce que tu hésites ?

— C'est naturel, non ? répliqua Saran, sur la défensive.

— Peut-être qu'il n'est pas facile de choisir les mots pour le dire, mais tu ne peux pas lui cacher ! C'est son fils, sa chair ! Elle a le droit de savoir…

— C'est moi qu'ils sont venus voir, pas ma mère.

— Tu étais le seul en vue, le seul lien avec la lettre… Et comment retrouve-t-on une Emma Clermont quand son fils, célèbre, s'appelle Saran ?

Suzanne avait raison. Elle avait toujours raison. Depuis vingt ans, elle était l'*alter ego* de Saran, sa boussole et son phare. Paul bouillonnait, exultait, s'énervait, trouvait que les choses n'allaient pas assez vite ou n'étaient jamais suffisamment bien faites. À ses côtés, Suzanne recadrait, structurait, apaisait… Elle donnait de la raison à ses passions, de la suite à ses idées, parfois de l'espoir à ses doutes.

— Paul, tu dois prévenir Emma, lui dire que tu as retrouvé son fils. C'est elle qui choisira, mais tu n'as pas le droit de lui cacher l'existence de Pierre.

— Ça n'a jamais été dans mes intentions… Seulement, je ne veux pas qu'elle pense que je lui en veux sous prétexte qu'elle nous a tenus à l'écart d'un tel secret.

Suzanne leva les yeux au ciel avec un demi-sourire tendre.

— Penser que tu vas lui en vouloir ? Tu crois qu'Emma ne connaît pas son fiston chéri ? Qu'elle ne connaît pas son cœur, son amour, son admiration ? Qu'elle ne sait pas qui tu es et dans quel bois tu es taillé ? Quand cesseras-tu de penser à sa place, Paul ? C'est vrai que ta mère s'est toujours reposée sur son mari, puis sur toi... sur nous, mais tu ne crois pas qu'à l'intérieur, c'est une petite femme plus solide qu'elle n'y paraît ? Tu te rends compte de son existence ? de tout ce qu'elle a vécu depuis ses années italiennes, depuis son exil, sa jeunesse difficile, son mariage raté ! Maintenant, on apprend qu'elle a étouffé en elle le secret le plus difficile qu'une femme puisse taire, qu'elle a surmonté cette douleur atroce pour élever ses autres garçons dans la joie sans sombrer dans la neurasthénie ou la dépression... Tu crois vraiment que cette femme-là va mal réagir quand tu vas lui annoncer que tu as retrouvé son petit Pierre ?

Saran sentit les larmes monter.

— Je vais même te dire une chose, Paul, je crois que tu es la seule personne à pouvoir lui annoncer une telle nouvelle.

Il se leva pour embrasser sa femme... avec passion.

Oui, Suzanne donnait de l'espoir à ses doutes.

*

Jardin des plantes – Paris.

— « *Pierre, je vais bientôt partir... Et je veux que tu saches que ta mère n'est pas morte en couches comme je te l'ai toujours dit. Elle est en vie et elle habite en banlieue parisienne. C'est la mère de Paul Saran, l'animateur de télé.* »

Paul leva la tête pour regarder Emma qui tenait sa bouche entre ses mains devenues noueuses et tavelées avec le temps. Elle ne pleurait pas, mais ses yeux brillaient et paraissaient regarder loin, très loin. Sa mémoire remontait le temps, chassait les souvenirs qu'elle avait peut-être tenté d'oublier.

Un peu plus tôt dans la matinée, Paul était allé chercher sa mère chez elle pour lui proposer une promenade. Ils allaient souvent ensemble sur la tombe d'Adrien pour lui parler, lui raconter la vie sans lui, mais cette fois, il l'avait entraînée au Jardin des plantes. Saran y avait vu comme un symbole, un retour aux sources, mais il ne l'avait pas calculé, pas préparé, cela lui était simplement apparu comme une évidence. Pour révéler un tel secret à sa mère, il avait eu besoin d'un lieu chargé d'histoire, de *leur* histoire. Pour Paul, le prunus rose du Jardin des plantes était une madeleine de Proust, un souvenir puissant dont la simple évocation le ramenait aux heures de bonheur de l'enfance, ce temps de l'insouciance quand, du haut de la tour Buffon, il observait sa jolie maman dans sa robe en vichy rose qui attendait patiemment que ses fils aient fini de jouer, en tricotant. Pour lui, ce prunus rose était indissociable du sourire paisible d'Emma et c'était là qu'il avait voulu lui annoncer la nouvelle, lui parler de la visite de Carole Corti et lui lire la lettre de Roberto.

— Alors, tu as vu Pierre ?

— Oui, maman.

— C'est incroyable… Comment est-il ?

La question prit Saran au dépourvu.

— Est-ce qu'il me ressemble ?

— Je… je ne sais pas… C'est difficile à dire, tu sais.

— Il t'a parlé de moi ?

— Bien sûr et *je* lui ai parlé de toi aussi, de notre vie, de ta rencontre avec Papa, de Marc...

— Le pauvre... Comme il a dû souffrir. Qui l'a élevé ? Tu le sais ? Sa tante Clara, peut-être ?

— Je ne sais pas.

— C'était une très belle femme, Clara, mais elle ne pouvait pas rendre un homme heureux... Enfin, pas un seul.

Paul lui rapporta les mots de Pierre au sujet de son enfance. Roberto s'était remarié assez vite, en 1948, avec une certaine Catherine, infirmière, qui avait déjà une fille d'un premier mariage.

— Ils ont eu des enfants ?

— Ensemble ? Non, je ne crois pas.

Emma resta pensive un petit moment

— Il fait quoi, Pierre ?

— Il vend des serviettes, des ceintures, des foulards sur les marchés.

Elle sursauta.

— Comme Papa !

Au moment de le dire, Saran avait réalisé la coïncidence. Il n'y avait pas pensé jusqu'alors, mais c'était plutôt drôle.

— Tu crois que je pourrais le voir, s'anima Emma, les yeux fébriles.

— Bien sûr, Maman, si c'est ce que tu veux...

— Oui, Paul, je veux le voir... Tu te rends compte... Le petit Pierre qui est de retour ? C'est un miracle.

Emma prit la main de son fils et le regarda intensément.

— Tu sais... je l'ai vu... Un jour, je l'ai vu... je suis sûre que c'était lui... Je ne sais pas pourquoi... C'était il y a quinze ans... Sur le parking du Carrefour de Sainte-Geneviève-des-Bois. J'étais dans la voiture, j'attendais Papa et j'ai vu un homme d'une quarantaine d'années qui rangeait ses courses dans son coffre… C'était lui !

— Quoi ? Tu ne l'avais pas vu depuis ses dix-huit mois ! Comment peux-tu affirmer ça ?

— Je ne sais pas… L'instinct maternel, peut-être… Mais j'étais certaine. J'en ai parlé à Papa, mais… Il ne voulait pas voir, pas savoir… Pour lui, tout ça n'existait plus ! Mais tu sais, Paul… c'était pour me protéger… Papa, il voulait toujours me protéger… Il pensait qu'on devait oublier pour pas ressasser le malheur. Quand les gens de ton équipe ont voulu faire cette émission sur toi, il a eu bien peur, tu sais… Il pensait qu'ils découvriraient notre secret. On avait mis tellement de temps à l'étouffer, à essayer de l'oublier… Moi je ne pouvais pas.

— Et toutes ces années, tu as pensé à lui ?

— Bien sûr.

— Pourquoi n'as-tu pas essayé de le retrouver, de le voir ?

— Comment aurais-je pu ? J'étais jeune, j'avais vingt ans, j'avais peur de mon mari, alors je me suis enfuie avec ton père… Les torts étaient contre moi. Et contrairement à Roberto, je n'avais pas d'argent, pas de travail, pas d'appartement, et pour la justice, j'étais incapable d'élever mon enfant. À cette époque et dans cette situation, je n'avais que le droit de me taire… Alors je me suis tue. C'était ma punition.

Emma sourit de nouveau.

— Mais grâce à toi, je vais le retrouver.

Saran réfléchit un instant. La semaine suivante, il devait descendre à Cannes pour *La vérité en questions*, un spécial Coluche. Il proposa à sa mère de l'emmener et ils iraient voir Pierre dans la foulée.

Tout émue, Emma n'essaya pas de retenir ses larmes.

Il était beau, ce Jardin des plantes, plus beau encore que dans son souvenir… et il lui semblait bien que le prunus était beaucoup plus rose qu'avant.

*

* *

30

L'histoire d'un drôle de mec

Cannes.

Le Palm Beach de Cannes était bourré à craquer. C'était là que Coluche avait souhaité participer à *La vérité en questions.* Une heure plus tôt, il était arrivé dans sa décapotable rouge, cerné par une horde de motards, après avoir traversé la ville sous les flashs et les hourras exaltés de la foule cannoise.

Pour cette neuvième édition de son émission, Paul Saran était dans ses petits souliers. Après Alain Delon, Michel Sardou, Enrico Macias, Guy Bedos, Bernard Tapie, Annie Girardot et Danièle Gilbert, c'était au tour de Coluche ! Le grand Coluche, celui que la France entière adorait et détestait dans une passion commune. L'émission, comme d'habitude, était en direct, mais avec l'humoriste iconoclaste, cela pouvait ressembler à un numéro de trapèze sans filet. Coluche était capable de tout. Il avait demandé à la production d'être installé dans une chaise géante de nourrisson avec écrit : « menteur professionnel »... Le ton était donné.

Paul Saran resta concentré, jouant le médiateur aussi bien qu'il le put, compte tenu de certaines questions pièges, notamment celle d'un auditeur qui ne comprenait pas que le Coluche honnête, le Coluche politique, le Coluche incorruptible, ait accepté de participer à une émission truquée – ce qu'elle n'était évidemment pas. Saran s'acquitta des mauvais coucheurs le plus sincèrement possible, mais il était nerveux. Bien sûr, il resta professionnel au point que personne dans son équipe ne s'aperçut du trouble qui l'habitait. Dans sa ligne de mire, au premier rang, se trouvait Emma qui avait certainement bien du mal à se concentrer sur le spectacle, tout entière absorbée par la perspective du lendemain. Ce lendemain auquel Paul Saran, lui aussi, n'arrêtait pas de penser. Cette rencontre à venir entre Pierre Corti et sa mère…

— Merci, monsieur, une autre question…

— Bonjour Coluche, si le président Mitterrand vous remettait la Légion d'honneur, comment vous habilleriez-vous ?

— En slip, pour pas qu'il sache où la mettre !

Rires dans la salle.

Comment réagirait-elle ? Soixante ans qu'elle n'avait pas vu son enfant… une vie pleine ! Tiendrait-elle le choc ?

— Si c'est plus facile de jouer un grand rôle qu'un petit ? Vous parlez sans doute de *Tchao Pantin*, monsieur ? C'est parce que vous n'y connaissez rien et que vous pensez comme un critique d'art. Vous croyez qu'il est plus simple de faire rire que de faire pleurer… C'est faux ! Sachez que tous les acteurs qui vous ont fait rire jusqu'à présent, sont aussi grands que ceux qui vous ont fait chier !

Avait-il fait le bon choix ? Cette rencontre ne risquait-elle pas de gâcher les dernières années d'Emma ? C'était seulement maintenant qu'il y pensait sérieusement… alors qu'ils n'étaient qu'à quelques heures de sonner à la porte de ce fils perdu. Saran sentait soudain un poids considérable sur ses épaules, comme si l'intercesseur qu'il était pouvait être la cause d'un nouveau drame.

— Le monde appartient aux gens qui ont le veto, venait de plaisanter Coluche.

Qui aurait le droit de veto dans cette histoire ? Qui déciderait du lendemain ?

Il sourit. L'émission était un triomphe.

Coluche descendit de sa chaise sous les applaudissements des Cannois survoltés.

Emma regardait son fils, l'air un peu perdu.

Un instant, Saran imagina sa mère sur la scène, là, en vedette, prise sous le feu des questions et il savait ce qu'il lui demanderait en priorité :

— Madame Clermont, pourquoi n'avez-vous jamais avoué la vérité à votre fils ? Maman... pourquoi tu ne m'as rien dit ?

*

* *

31

Le secret

L'Isle-sur-la-Sorgue.

La voiture s'arrêta quelques mètres avant le 25 de la rue des Saules. Paul Saran aida sa mère à en sortir et tous les deux, bras dessus, bras dessous, se dirigèrent vers la maison des Corti. La mère, comme le fils, ne parlait pas. L'émotion était à son comble. Chacun pour des raisons différentes avait la gorge serrée.

Paul sonna.

La porte s'ouvrit aussitôt sur Pierre Corti.

Silence.

Le cheveu rare, Pierre s'était lissé les mèches des tempes vers l'arrière avec du gel. Il avait mis une veste de costume et noué une écharpe autour du cou.

Il s'était fait beau.

— Maman…

Un des plus beaux mots du monde venait de percuter de plein fouet le plexus de Paul Saran. « Maman ! » Cet homme dont il ignorait l'existence moins d'un mois plus tôt venait d'appeler sa propre mère Maman… Il y avait là comme une sorte de sanctuaire profané, un interdit bafoué. Depuis toujours, ce mot merveilleux était le sien et celui de son frère Marc... Nul autre n'y avait accès pour marquer la tendresse et l'amour qu'ils portaient à leur mère.

Un secret de famille vieux de soixante-trois ans venait d'en décider autrement.

Paul se rendait compte qu'il allait devoir partager ce sésame du cœur maternel avec un autre.

Les joues déjà mouillées de larmes, Emma n'hésita pas, elle entra et prit son fils retrouvé dans les bras. Ils s'enlacèrent longuement en silence. Paul détourna le regard et aperçut Carole au bout du couloir qui observait la scène discrètement... Elle aussi était émue. Ils se sourirent comme deux exilés sur un quai de gare. Puis tout ce petit monde se rendit au salon où l'hôtesse de maison avait préparé une collation de bienvenue. Emma et Pierre s'installèrent côte à côte sur le sofa. Elle lui tenait la main et le dévorait des yeux.

— Raconte-moi ta vie, Pierre, je veux tout savoir.

Paul accepta une coupe de champagne, il en but à peine deux gorgées et s'excusa, mais il ne souhaitait pas rester pour entendre les confessions de son demi-frère. Non pas que ce fût au-dessus de ses forces, pas plus qu'il n'éprouvait une quelconque jalousie de ne pas être, pour une fois, la vedette, non... c'était autre chose qu'il ressentait. La pudeur se mêlait à une forme de décence. Il ne voulait pas voler ces moments d'intimité qui n'appartenaient qu'à ces deux êtres que la vie avait injustement séparés. Paul aurait eu l'impression de s'accaparer une tranche de vie qui n'était pas la sienne. Il en profita pour aller flâner dans le centre de l'Isle-sur-la-Sorgue, les idées un peu troublées. Il lut un journal, prit quelques notes sur des projets à venir, téléphona à Suzanne pour la rassurer, laissant filer une couple d'heure avant de revenir au 25 de la rue des Saules.

Ce fut à nouveau Pierre qui ouvrit la porte. Emma était dans la cuisine, qui discutait avec Carole.

— Des trucs de femmes, sans doute, sourit Pierre timidement.

Ils parlèrent de choses et d'autres, du Sud, du soleil, du travail sur les marchés, de l'ordinaire des forains… Paul n'osait pas trop aborder son quotidien qu'il savait hors-piste, décalé, peut-être même indu d'un certain point de vue. Il n'oubliait pas et n'avait jamais oublié d'où il venait, mais il savait aussi, destinée oblige, qu'il n'était *plus* l'enfant du Jardin des plantes, l'enfant qui vivait dans un trente mètres carrés avec ses parents. Aujourd'hui, le regard qu'on portait sur lui passait par le prisme déformant de la célébrité.

Les deux femmes réapparurent. Paul nota aussitôt les mâchoires serrées de sa mère. Elle évita son regard et se dirigea vers Pierre qui s'était levé. Elle posa ses mains sur ses joues, le dévisagea avec intensité pendant plusieurs secondes.

— On ne va plus se quitter, hein ?

Il acquiesça, tout en jetant un œil fuyant sur Saran.

Emma remercia chaleureusement Carole, puis mère et fils quittèrent le 25 de la rue des Saules pour se rendre à la gare. Retour sur Paris. Dans la voiture, Paul remarqua l'agitation d'Emma. Sa nervosité était palpable.

— Tu es contente, Maman ?

— Oui, mon fils… Tu te rends compte qu'il fait le même métier que Papa… Ça gagne pas beaucoup, tu sais… Et il m'a dit que Roberto n'avait rien laissé en héritage.

— À part des mauvais souvenirs, ne put s'empêcher de dire Saran.

— Tu crois que je pourrais lui donner un peu d'argent, à Pierre ?

Saran fut attendri par cette question.

— Bien sûr, si ça te fait plaisir.

Paul regarda Emma du coin de l'œil. Il voyait bien que quelque chose la tracassait. Bien sûr, elle était chamboulée par cette rencontre, mais son attitude avait changé à partir du moment où elle était sortie de la cuisine avec Carole. Il s'y était dit quelque chose… quelque chose qui la perturbait.

— Ça s'est bien passé avec la femme de Pierre ?

— Oui, oui, répondit-elle, machinalement, elle est très gentille.

Elle avait la tête ailleurs et le regard un peu vague, comme perdu dans ses réflexions.

— Elle t'a dit quelque chose qui t'a déplu ?

— Non, pas du tout… Mais… Quand nous serons rentrés, j'aimerais que tu m'emmènes sur la tombe de Papa.

— Bien sûr, Maman, nous irons la semaine prochaine.

— Non. Demain, si tu veux bien… J'ai quelque chose d'important à lui dire… Ça ne peut pas attendre.

Paul fronça les sourcils, étonné. Il y avait bien longtemps qu'il n'avait pas entendu cette forme d'autorité dans la voix de sa mère. Il sentit qu'il n'y avait rien à ajouter.

— Bien, Maman, répondit Saran ou plutôt… Paul Clermont.

*

Longpont-sur-Orge.

Le temps était bas. Un ciel lourd teinté de nuances de gris qui annonçait la pluie. Derrière l'église de Longpont, le petit cimetière était presque vide. Deux silhouettes passèrent la grille, longèrent l'allée principale et vinrent déposer des fleurs avant de se recueillir sur le caveau de la famille Clermont. Un simple nom était gravé sur le granit, celui d'Adrien Clermont ; il n'était suivi d'aucune date. C'était un choix de Paul en accord avec Emma. L'éternité n'a pas de parenthèses.

Cinq ans après la disparition d'Adrien, ces visites récurrentes sur sa tombe étaient encore émouvantes pour Emma. Ce rituel, Paul avait tenu à l'entretenir et il était toujours là pour rendre une visite spirituelle à cet homme qu'il avait tant aimé. Il observait sa mère du coin de l'œil. Étrangement, elle lui semblait plus sereine qu'à l'accoutumée… Elle souriait. Il ne l'avait jamais surprise à sourire quand ils venaient là. Il s'en inquiéta presque.

— Maman, je…

Elle l'arrêta aussitôt en posant un doigt sur ses lèvres.

— Je suis heureuse qu'on soit là tous les deux, mon grand… Heureuse que tu sois là pour entendre ce que je veux dire à Papa.

Elle prit sa main et la serra dans la sienne, fragile et chaude.

— Mon Adrien, je voulais vite venir te voir pour te dire… te dire qu'il s'est passé une chose merveilleuse… Peut-être pas un miracle, tu sais bien qu'on ne croit pas trop à ces choses-là, mais une chose incroyable… J'ai retrouvé notre Pierre… notre petit Pierre, dit-elle en sanglotant.

Paul Saran sursauta comme s'il avait reçu une décharge électrique.

— *Notre* Pierre ? Maman… Comment ça, *notre* Pierre ?

Elle souriait toujours, le visage baigné de lumière.

Elle ouvrit le petit sac à main noir qui pendait à son bras, en sortit une feuille pliée en trois et la tendit à Paul.

Il la déplia…

Dr Richard Stirn-Meyer
Hôpital de la Pitié
15 juin 1934

…/…

Le jeune Roberto Corti, âgé de quatorze ans, après une chute de vélo très violente a subi une migration des deux testicules avec écrasement qui peut rappeler une cryptorchidie. Malgré l'opération, l'atrophie des testicules ne permettra plus de générer des spermatozoïdes en nombre suffisant. La stérilité définitive du patient est donc avérée.

…/…

*

* *

Épilogue

Fuveau.

Le mas de Provence de Paul Saran, enfermé de verdure, était cerné d'un léger brouillard. La journée serait belle. Vega, la chienne fidèle de l'animateur, courait dans les volutes de brume, poussant des aboiements de joie sporadiques. Quelques mètres derrière lui, son maître marchait sur l'herbe humide du petit matin.

Depuis deux semaines, c'était le rituel qu'il s'était imposé avant de commencer sa journée d'écriture.

La révélation avait été un choc.

Roberto Corti était stérile. Roberto Corti n'avait jamais eu d'enfant. Roberto Corti avait, en 1945, enlevé l'enfant d'un autre en sachant qu'il n'était pas de lui. Il avait volé le petit Pierre pour punir la trahison de sa femme. Par orgueil, cet homme avait arraché un enfant à sa véritable famille et plongé une femme dans le désarroi.

Quelle histoire que la vie de cette mère courage qui était soudainement apparue aux yeux de Paul ! Cette Emma qui avait traversé une vie si difficile, si chaotique, sans jamais se plaindre et qui avait gardé enfoui au plus profond d'elle-même ce terrible secret.

Et voilà qu'à l'hiver de sa vie, elle retrouvait cet enfant perdu et qu'elle apprenait qu'il n'était pas le fils de Roberto, mais celui d'Adrien, l'homme de sa vie. Pierre Corti n'était pas que le demi-frère de Paul Saran, mais bel et bien son frère!

Cette nouvelle, Emma l'avait reçue dans la joie. Une injustice de vie enfin réparée. Pour elle, c'était une renaissance. Dorénavant, elle savait qu'elle pourrait partir en paix, que ses démons avaient été chassés de son ciel.

Mais Paul, malgré tout, restait troublé, profondément troublé. Il avait passé une grande partie de sa vie aux côtés de cette mère dont il n'avait jamais senti la détresse profonde. Lui, qui était parti pour conquérir le monde, qui avait rencontré, parfois côtoyé jusqu'à l'intime, toutes les personnalités du spectacle, qui les avait interviewées en essayant de les comprendre, de dévoiler un peu de leur moi secret, lui n'avait pas su, pas pu, faire une telle introspection avec sa propre mère. Combien, à cette heure, la passion des voitures, celle des voyages, des flashs et des sunlights lui paraissaient futiles.

« Comment ai-je pu vivre toutes ces années dans ton sillage sans voir, sans savoir, sans comprendre? »

Avec la révélation de ce secret de famille, Saran avait l'impression d'avoir perdu un peu de son insouciance. Soudain, la lumière ne l'éclairait plus lui, mais éclairait l'ombre de sa mère.

N'était-il pas naturel qu'il éprouve le besoin de remettre certaines pendules à l'heure? Il voulait qu'on sache la vie de cette femme, qu'on comprenne... Pour Paul, il y avait comme une urgence... L'urgence de lever le voile sur une vie de secret. Il voulait mettre les pleins feux sur cette histoire, vite, très vite! Que la honte s'efface... Qu'Emma reprenne ses droits de femme libre et qu'elle se sente bien et véritablement à sa place pour une fois dans sa vie. Le vieux monde était révolu ! C'était une nouvelle ère pour une nouvelle Ève. Paul évoqua avec Emma l'idée d'un livre. Un livre qui raconterait toute cette vérité cachée. Pour elle d'abord, mais aussi pour toutes ces femmes murées dans le silence, écrasées par le poids d'une société qui avait voulu les culpabiliser.

— Laisse-moi témoigner pour toi, Maman…

Elle ne savait pas, enfin, ne savait pas trop… mais pourquoi pas.

— Tu crois que Papa aurait accepté ?

— Votre histoire, c'est un peu la mienne.

Paul siffla Vega et ils rentrèrent tous les deux dans le silence de la maison où Suzanne dormait.

Il s'assit à la table de son bureau et reprit les premiers feuillets qu'il avait tapés à la machine…

LA LETTRE, un roman de Paul Saran.

En ce froid matin de novembre 1924, Emma venait de naître. Son premier cri fut le dernier de sa mère…

PERSONNAGES PRINCIPAUX

Paul Saran : animateur-vedette
Vittorio et Carmela Biaggio : parents d'Emma
Giuseppe Rizzo : voisin des Biaggio (membre de la milice fasciste)
Albert et Philomène Clermont : parents d'Adrien
Roberto Corti : premier mari d'Emma
Clara Corti : sœur de Roberto
Louis Clermont : frère ainé d'Adrien
Anna Clermont : femme de Louis Clermont
Pierre Corti : fils de Roberto et d'Emma
Carole Corti : femme de Pierre
Suzanne Clermont : femme de Paul Saran
Marc Clermont : frère de Paul Saran
Céline : sœur de Carole Corti
Michel Corti : fils de Pierre et Carole Corti
Catherine : deuxième femme de Roberto

PERSONNAGES SECONDAIRES

Docteur Simonietta : docteur accoucheur d'Emma
Le Père Isorni : prêtre du mariage d'Adrien
Valentina : sœur aînée de Carmela Biaggio
Luigi : mari de Valentina
Gloria : fille ainée de Valentina et Luigi
Chiara : voisine et camarade d'Emma
Lorenzo : vendeur de pâtes sur les remparts
Madame Giordano : institutrice d'Emma
Madame Catarini : surveillante générale de l'école d'Emma
Madame Caffarelli : directrice de l'école d'Emma
Monsieur Barnave : nouveau propriétaire de l'entreprise Clermont
René Sandre : patron du garage où travaille Roberto Corti

Le docteur Cordeau : médecin de Pierre Corti
Jérôme : chauffeur et ami de Paul Saran
Claudie : fille de Catherine, deuxième femme de Roberto

CÉLÉBRITÉS
(en italique, celles avec lesquelles Saran ne parle pas)

Brigitte Bardot
Johnny Hallyday
Luciano Pavarotti
Vittorio de Sica : acteur du film
Gli uomini, che mascalzoni!
Les Hommes, quels mufles!
Alain Delon
Christian Fechner
Jacqueline Maillan
Michel Galabru
Jean Carmet
Jacques Villeret
Christian Clavier
Dominique Lavanant
Pauline Laffont
Martin Lamotte
Roland Giraud
Gérard Jugnot
Thierry Lhermitte
Michel Serrault
Jean Carmet
Patrick Bruel
Marc Lavoine
Natacha Clair
Pierre Perret
Hugues Aufray
Michel Delpech
Laurent Voulzy
Annie Cordy
Jean-Jacques Goldman
Maurice Favières
Christophe Izard
Monique Le Marcis
Roger Kreicher
Monsieur Trenet
Mireille Mathieu
Coluche

PERSONNAGES HISTORIQUES

Benito Mussolini
Le général Guderian, le Rommel du Nord
Le général de Gaulle
Le maréchal Pétain
Le chancelier Hitler

Table

Achevé d'imprimer par CPI Brodard et Taupin,
en septembre 2022,
N° d'imprimeur : 3050073
Dépôt légal : septembre 2022

Imprimé en France